Suzanne Gagnebin

Petite Nell

Roman

 Le code de la propriété intellectuelle du 1er juillet 1992 interdit en effet expressément la photocopie à usage collectif sans autorisation des ayants droit. Or, cette pratique s'est généralisée dans les établissements d'enseignement supérieur, provoquant une baisse brutale des achats de livres et de revues, au point que la possibilité même pour les auteurs de créer des œuvres nouvelles et de les faire éditer correctement est aujourd'hui menacée. En application de la loi du 11 mars 1957, il est interdit de reproduire intégralement ou partiellement le présent ouvrage, sur quelque support que ce soit, sans autorisation de l'Éditeur ou du Centre Français d'Exploitation du Droit de Copie , 20, rue Grands Augustins, 75006 Paris.

ISBN : 978-3-98881-701-3

10 9 8 7 6 5 4 3 2 1

Suzanne Gagnebin

Petite Nell

Roman

Table de Matières

CHAPITRE PREMIER	7
CHAPITRE II	12
CHAPITRE III	16
CHAPITRE IV	19
CHAPITRE V	24
CHAPITRE VI	30
CHAPITRE VII	35
CHAPITRE VIII	40
CHAPITRE IX	42
CHAPITRE X	47
CHAPITRE XI	55
CHAPITRE XII	64
CHAPITRE XIII	69
CHAPITRE XIV	73
CHAPITRE XV	78
CHAPITRE XVI	84
CHAPITRE XVII	90
CHAPITRE XVIII	94
CHAPITRE XIX	99
CHAPITRE XX	104
CHAPITRE XXI	114
CHAPITRE XXII	121
CHAPITRE XXIII	125
CHAPITRE XXIV	130
CHAPITRE XXV	133
CHAPITRE XXVI	140
CHAPITRE XXVII	143
CHAPITRE XXVIII	144
CHAPITRE XXVIII	149
CHAPITRE XXIX	154
CHAPITRE XXX	158
CHAPITRE XXXI	162

CHAPITRE PREMIER

— Docteur, je préférerais..., j'aimerais mieux que vous me dissiez l'exacte vérité.

En disant ces mots, la malade tourna vers le médecin sa pauvre figure toute pâle d'anxiété et fixa sur lui deux beaux yeux clairs et pénétrants.

— La vérité, répéta celui-ci, est bien difficile sinon impossible à dire, après une première visite et un seul examen.

— Croyez-vous... ma vie est-elle en danger ?

L'Esculape ne répondit pas d'abord, mais sa figure grave, quoique encore très jeune, demeura impassible sous l'ardeur de ce regard qui semblait vouloir lire jusqu'au fond de sa pensée.

— Il me semble, dit-il enfin, qu'avec beaucoup de précautions, de ménagements et un changement d'air immédiat, vous pourriez encore vous remettre, madame.

— Merci. Elle ferma les yeux d'un air fatigué.

— Si vous ne voulez pas aller au Midi, vous pourriez essayer d'une des stations climatériques de vos montagnes, Davos, par exemple, ou Leysin.

En disant ces mots, le regard du jeune docteur allait de la chaise-longue de sa patiente à son entourage.

La pièce était petite, mais exposée au soleil, l'ameublement simple, mais de bon goût ; un seul portrait, celui d'un homme encore jeune, était suspendu au mur, au-dessus d'une table à écrire, chargée de livres ; des étagères bien garnies, des fleurs. Il n'en apprit pas davantage.

— Mais, reprit la malade, cette fois sans lever les yeux et d'une voix qu'elle essayait en vain d'affermir, si je ne puis aller ni au Midi ni à Davos ?...

— En ce cas, répondit le médecin, il faudra redoubler de précautions, éviter soigneusement le brouillard, le vent, toute espèce de fatigue.

En achevant ces mots, il se leva pour prendre congé ; mais, comme il allait quitter la chambre, la porte, qu'il ouvrait déjà, fut poussée avec une telle impétuosité qu'il ne dut son équilibre qu'à la solidité de ses jarrets.

— Maman…, pardon, monsieur.

Le docteur, tout interloqué, s'inclina devant le projectile qui avait failli le renverser. C'était une fillette de quinze à seize ans environ, petite et menue, avec une gentille figure, un peu trop pâle, où deux beaux yeux bleus foncés le regardaient d'un air surpris, presque effarouché.

— C'est ma fille, monsieur. Petite Nell, comme tu es brusque !

— Pardon, je ne savais pas…

Mais le visiteur s'était déjà éclipsé.

— Qui est-ce ? dis, maman, s'écria la fillette, avant même que la porte se fût refermée.

— C'est un médecin, Nell ; tu sais, ce nouveau médecin dont tante Olympe m'a tant parlé dans sa dernière lettre.

— Mais, qu'est-il venu faire ici, et pourquoi avait-il l'air si fâché ? Ses sourcils étaient froncés, comme cela, exactement.

— L'air fâché ? non, mais affreusement soucieux ou inquiet ; à moins, reprit la malade en souriant, que ce ne soit une habitude prise peut-être pour se donner l'air intéressant. Bref, tante Olympe est persuadée que lui seul pourra me guérir de mon rhume, c'est pourquoi elle a pris la peine de l'amener elle-même ce matin.

Sans rien ajouter, la fillette jeta loin d'elle une grande enveloppe qu'elle tenait à la main, s'agenouilla près de sa mère, l'entoura de ses deux bras et l'embrassa avec passion.

— Tu n'es pas plus malade, n'est-ce pas, tu n'as qu'un rhume ? dis, mère chérie.

— Certainement, et je ne sais vraiment pas pourquoi tante Olympe a eu cette drôle idée, elle aurait pu laisser ce beau ténébreux chez lui.

— Mais qu'a-t-il dit, mère chérie ? c'est l'essentiel.

— Oh ! presque rien, et c'est ce qui me fâche le plus. Du repos, des précautions, voilà tout.

— Et bien, tu te reposeras, maman, à présent ; je ferai tout l'ouvrage, j'ai quitté l'école pour toujours, toujours ; et vois-tu, je l'ai, le voici, c'est pour te l'apporter que je suis entrée si brusquement.

Et, de ses mains tremblantes d'impatience, elle tirait de l'enveloppe qu'elle avait jetée de côté une grande feuille de papier et l'étalait, d'un air ravi, sous les yeux de sa mère.

— Comme tu dois être savante, Nell, murmura celle-ci, en relevant la tête avec un heureux sourire.

— Oh ! mère chérie, j'en ai déjà oublié la moitié, mais cela ne fait rien. – À présent, raconte-moi la visite de tante Olympe ; était-elle bien drôle ?

— Un peu, comme toujours, mais si bonne, si pleine de cœur, malgré ses manières un peu brusques. Elle n'était pas revenue depuis la mort de papa et cela l'émouvait plus qu'elle ne voulait le montrer.

En cet instant, la porte s'ouvrit de nouveau, mais très doucement cette fois, et une figure souriante et fraîche, comme une rose, surmontée d'une casquette d'étudiant, fit son apparition. Nell sauta sur ses pieds.

— Je l'ai, Louis, vois-tu, s'écria-t-elle, en faisant flotter devant lui la grande feuille de papier, voici mon diplôme ; avec ça j'espère gagner des masses d'argent, et, ajouta-t-elle en reprenant sa place près du sofa, ce sera tout pour toi, ma chère, jolie, ravissante maman.

Pendant ce temps, le bel étudiant avait jeté sur la table la serviette qui contenait ses cahiers, et lisait à son tour.

— Quel tas de blagues, fit-il, comme il arrivait au bas de la page ; si tout ceci était vrai, Nell, il faudrait t'empailler pour te mettre dans un musée.

La fillette partit d'un joyeux éclat de rire.

— Quelle heureuse créature ! reprit le jeune garçon, elle peut maintenant se croiser les bras et dormir tout le long du jour si elle en a envie.

— Mais je n'en ai pas la moindre envie, je trouve beaucoup plus amusant d'être éveillée. À propos, continua-t-elle, devine quelle visite maman a reçue ce matin.

— Quelle visite ! Oh ! tais-toi, je ne le sais que trop, j'allais oublier de vous le raconter ; figurez-vous que tante Olympe est venue m'attendre à la sortie des cours, et là, en présence de tous mes camarades, m'a sauté au cou et m'a embrassé sur les deux joues, comme un bébé de six mois.

Impossible de décrire les rires qui se faisaient autour de nous ; les uns criaient que c'était ma fiancée, d'autres ma nourrice ou un balai habillé en femme, mais tante Olympe n'entendait rien, elle pleurait, riait, se mouchait et m'aurait repris dans ses bras si je ne m'étais tenu sur mes gardes.

— Pauvre tante ! fit la malade, en retenant l'accès de toux que la gaîté contagieuse de l'étudiant avait provoqué. Je suis sûre que tu lui as rappelé ton père, elle dit que tu es son portrait, quand il avait ton âge.

Et son regard s'arrêta avec amour sur la délicieuse figure de son fils.

— Peut-être, dit celui-ci, mais ce n'est pas une raison pour me rendre ridicule, et j'espère que ça ne la reprendra plus.

— C'est drôle, s'écria la fillette, comme les garçons ont peur du ridicule !

— Que veux-tu, ma chérie, ce n'est pas notre faute si nous n'avons pas votre force d'âme ; pourtant je voudrais bien savoir quelle mine tu aurais fait si oncle Nestor était venu t'attendre un beau jour à la sortie de ta classe et t'avait embrassée devant toutes tes amies ?

Petite Nell réfléchit une seconde.

— C'est impossible de se le représenter, dit-elle, oncle Nestor n'est pas assez gentil pour avoir jamais une pareille idée. – À présent, je vais voir si le dîner est prêt, je meurs de faim.

— Sais-tu, mère, fit le jeune garçon aussitôt que sa sœur eut quitté la chambre, que c'est un fameux diplôme.

Et, du regard, il indiquait l'enveloppe entr'ouverte.

— Être la plus jeune de sa classe et en sortir la toute première, quelle chance ! si seulement j'en étais là !

— Mais, fit doucement la malade en réprimant un soupir, elle ne l'a pas obtenu sans peine ; rappelle-toi comment elle a travaillé.

— Oh ! oui, je sais, répondit l'étudiant avec un long bâillement.

— Est-ce que cela ne t'encourage pas à en faire autant ?

— Moi ? me lever à quatre heures tous les jours pour étudier, y penses-tu, mère, est-ce que cela me ressemble ?

Le visage de la malade s'attrista.

— Alors, que comptes-tu faire, mon enfant ?

— Travailler, naturellement, puisqu'il le faut ; mais je ne vois pas la nécessité de me tuer.

— Non, sans doute, mais il ne faut pas oublier que l'on n'arrive à rien sans peine.

— Ah ! je ne le sais que trop ; et quand je pense, ajouta-t-il en se croisant les mains derrière la tête, quand je pense que d'autres ont tout, fortune, position, sans avoir eu à remuer le petit doigt, tandis que moi… Non, cela m'exaspère, ce n'est pas juste, si seulement…

— Quoi donc ?

— Si seulement cette brave tante Olympe, qui m'aime tant, avait la bonne idée de mourir et de me faire son héritier, comme cela m'arrangerait !

— Fi donc, Louis ! Quelles horribles choses tu dis ce matin ; si je ne te connaissais pas, je pourrais croire que tu les penses. D'ailleurs, il ne faut pas te faire d'illusions, tout le bien de tante Olympe consiste en vignes, qui, depuis des années, rapportent très peu de chose.

— Tant pis pour moi.

— Mais, mon enfant, lorsqu'on est jeune, fort et robuste comme toi, c'est un péché que de ne pas aimer le travail, pense à ton père qui…

— Oh ! mère, quel exemple peu encourageant tu me donnes, avoir travaillé toute sa vie sans jamais s'accorder de repos, et finalement laisser à sa famille juste de quoi ne pas mourir de faim !

— Mais la vocation de ton père n'était pas de celles qui mènent aux richesses, interrompit gravement la malade ; il le savait quand il l'a choisie, et, poursuivit-elle plus vivement, il savait aussi qu'à l'heure de notre mort tous les millions de la terre ne sont rien et qu'une seule chose alors est nécessaire.

Elle ferma les yeux, comme fatiguée de l'effort qu'elle venait de faire, et deux larmes glissèrent lentement sous ses paupières.

— Mère, mère, je ne veux pas que tu pleures, s'écria le jeune garçon ; non, je ne veux pas, répéta-t-il, en l'embrassant et la serrant dans ses bras ; je veux travailler, je te le promets, je te le jure, et, quand je serai prêt, nous nous en irons tous les trois, bien loin, dans un pays où il fera toujours chaud, toujours beau, où nous passerons nos journées étendus au soleil, comme des lézards, et alors nous serons parfaitement heureux.

CHAPITRE II

Après avoir donné à son neveu l'accolade dont il avait si mal apprécié la chaleur, tante Olympe, le cœur gros de tendresse et d'anxiété, s'était rendue auprès du médecin pour entendre la sentence, bonne ou mauvaise, qu'il lui avait promise.

Elle était timide, tante Olympe, malgré sa haute taille et ses traits accentués ; aussi, ne pouvant se faire petite, se fit-elle le plus mince, le plus étroite possible, lorsqu'elle gravit l'escalier de l'hôtel où elle était attendue. L'entrevue ne fut pas longue, mais lorsqu'elle en sortit, sa haute taille semblait s'être affaissée, les pommettes de ses joues, ordinairement veinées de rouge, étaient toutes décolorées, et, au bord de chacune de ses paupières, deux larmes tremblaient, prêtes à tomber.

Elle descendit l'escalier sans lever les yeux, traversa à petits pas les dalles du vestibule, poussa la lourde porte d'entrée et se trouva dans la rue.

Ici, tante Olympe n'avait plus à se gêner, que lui importait la foule qui la coudoyait ? Elle ne connaissait personne et personne ne la connaissait, elle laissa donc sans contrainte couler ses larmes et les essuya tranquillement de son mouchoir à carreaux.

Après quelques minutes de marche, elle se trouva dans une ruelle d'aspect peu engageant et hâta le pas, non qu'elle craignit les aventures, mais parce que la nuit approchait et qu'elle avait encore un long chemin à faire. Elle ne s'arrêta qu'au bout de la ruelle, devant une maison qui avait peut-être été blanche une fois et qui semblait vouloir racheter par sa hauteur ce qui lui manquait en largeur. *Hôtel de l'Union*, ces mots étaient inscrits en lettres d'or au-dessus de la porte d'entrée et, sous cette enseigne attrayante, les Trois Suisses, en costume de chevaliers, flottaient dans un écusson de tôle, fraîchement reverni. Tante Olympe entra, demanda qu'on lui servît un potage et pria le domestique de faire atteler.

Un quart d'heure plus tard, elle sortait de l'hôtel de l'Union, faisait elle-même le tour de son attelage, s'assurait que chaque roue était solidement attachée, puis, tout en lui glissant son pourboire, elle prit les rênes des mains du garçon d'écurie et se hissa, très lestement pour son âge, sur le banc du véhicule.

La petite jument, bien reposée, et, de plus, voyant clairement qu'elle s'acheminait du côté du logis, eut bientôt laissé la ville derrière elle.

Mais, malgré son zèle et son désir, force lui fut pourtant de ralentir le pas ; on venait de quitter la grand'route pour prendre un chemin passablement raide qui s'élevait en zig-zag au milieu des vignes, sans quitter de vue le lac et les Alpes.

La nuit était venue, tante Olympe n'y voyait plus, elle avait abandonné les guides à la jument, se contentant de l'encourager de temps à autre d'une parole amicale.

Elle cheminait ainsi depuis longtemps dans l'obscurité et le silence le plus complet, quand, tout à coup, un bruit de pas se fit entendre.

— Est-ce vous, sœur Olympe ? cria une voix presque à ses côtés.

— Ah ! c'est vous, beau-frère, répondit-elle, en arrêtant le char.

— On ne voit pas à deux doigts de son nez, reprit la voix ; quelle idée avez-vous eue de vous attarder de la sorte, belle-sœur ?

— J'ai attendu le docteur, je voulais le ramener, naturellement, mais il s'est décidé à rester en ville jusqu'à demain ; ne voulez-vous pas monter ?

— Peut-être bien ; et maintenant, fit le paysan, comme le véhicule se remettait en marche, dites-moi comment ça va parmi les citadins.

— Bien mal, répondit tante Olympe, bien plus mal que je ne pensais, quoique M. Steinwardt n'ait pas voulu m'ôter tout espoir.

Il y eut un silence.

— Ça me fait de la peine pour vous, belle-sœur, mais cela devait arriver. La dernière fois que je l'ai vue, il y aura tantôt deux ans, après la mort de son mari, je me suis dit qu'elle ne lui survivrait pas longtemps. Voilà ce que c'est, si Eugène fût resté des nôtres, au lieu de s'en aller faire le monsieur en ville, rien de tout ça ne serait arrivé ; croyez-moi, ajouta-t-il en haussant la voix, la ville, les livres, les études, ça peut faire vivre le citadin, mais ça tue le campagnard.

— Et pourtant, répliqua tante Olympe, vous savez aussi bien que moi qu'Eugène était né pour être ministre, comme vous et moi pour être vignerons ; on l'a vu dès l'enfance, il y avait plus d'esprit dans sa petite tête que dans toute la famille réunie. D'ailleurs, il a bien prouvé qu'il ne s'était pas trompé, et toutes les feuilles ont assez dit, après sa mort, qu'il avait autant de talent que de cœur. Je n'ai qu'un seul regret, c'est de ne l'avoir pas entendu prêcher plus souvent, je ne peux pas m'en consoler.

— Ça n'empêche pas, belle-sœur, que j'ai raison, et que si votre frère fût resté avec nous il serait encore là, vigoureux et bien portant comme moi ; il aurait épousé une fille de l'endroit, qui lui aurait donné une demi-douzaine de beaux lurons, qu'ils élèveraient ensemble, aujourd'hui ; au lieu de ça…

Il haussa les épaules d'un air significatif.

— Ne m'en parlez pas, c'est trop triste, répondit tante Olympe en pleurant.

— C'est à sa racine qu'il aurait fallu couper le mal, reprit maître Nestor, quand les premières idées de devenir un monsieur ont commencé à germer chez Eugène.

Tante Olympe eut un mouvement d'impatience.

— Vous répétez toujours les mêmes choses, beau-frère.

Le paysan feignit de n'avoir pas entendu.

— C'est Maxime qui en verrait de belles, continua-t-il, s'il lui prenait fantaisie de vouloir endosser l'habit noir tous les jours, vous verriez alors comme je lui ferais passer le goût des grandeurs.

En ce moment, le char entrait dans le village ; çà et là quelques lumières révélaient la présence des maisons que l'obscurité rendait invisibles.

— Nous y voici, dit le paysan en descendant avec précaution ; donnez-moi la main, sœur Olympe, on n'y voit goutte ; là, plus bas, vous n'y êtes pas encore.

Au même instant une porte s'ouvrit, et un homme, armé d'une lanterne, s'approcha du char.

— Laissez-moi faire, dit-il, et, sans attendre de réponse, il prit tante Olympe dans ses bras et la déposa à terre, comme s'il se fût agi d'une plume.

— Merci, mon garçon, je te laisse le soin du cheval.

Et elle se dirigea d'un pas légèrement enraidi vers la porte qu'il avait laissée ouverte.

Quand les deux hommes rentrèrent, la table était dressée au milieu de la cuisine et le souper fumait sur une nappe très blanche.

— Et bien, Maxime, dit tante Olympe, quelle journée ?

— Rien d'extra, tante ; le métier de ménagère, comme vous savez, n'est fait ni pour le père ni pour moi ; mais vous, j'espère que vous êtes contente.

— Non, mon garçon, ça ne va pas du tout là-bas.

Le jeune homme s'assit, et la lumière de la petite lampe éclaira en plein sa bonne et honnête figure, qui rappelait, trait pour trait, celle de son père, placé en face de lui ; même nez recourbé, mêmes yeux bruns, même bouche grave et bien découpée ; mais si leurs traits étaient semblables, leur expression différait absolument.

— Et bien, belle-sœur, votre course ne vous a pas mise en appétit, dit le paysan en regardant l'assiette intacte de tante Olympe.

— J'ai mangé avant de quitter la ville, répondit-elle.

— Ce n'est pas une raison, il y a longtemps de ça, laissez-moi vous servir.

— Non, merci, je ne peux pas.

— Les avez-vous vus, tante ? demanda le jeune homme.

— Oui, j'ai vu ma belle-sœur et Louis, qui ressemble toujours plus à son père ; il a sa même figure souriante que nous aimions tant, ses jolis cheveux tout frisés et ses belles joues roses qui le faisaient ressembler à une jeune fille.

Maître Nestor haussa les épaules.

— C'est ça qui fera venir de l'eau au moulin, les papillotes de votre neveu, belle-sœur.

— En tous cas, ce ne sera pas un empêchement, répliqua-t-elle un peu sèchement, et l'on n'y peut rien changer ; mon frère avait les cheveux frisés, notre père et notre grand-père aussi ; ce n'est donc pas surprenant que ses enfants n'aient pas les cheveux plats comme... comme...

La comparaison ne lui venait pas.

— Comme les miens, fit le paysan.

— Si vous voulez, comme les vôtres.

— Avez-vous vu cousine Nellie ? demanda Maxime.

— Non, je ne l'ai pas revue depuis la mort de son père, mais sa mère m'a dit qu'elle passe tout son temps à étudier son piano et ses livres, exactement comme mon frère à son âge.

— Elle ferait mieux d'apprendre à faire un fricot, ça leur serait plus utile par la suite, marmotta maître Nestor.

— Mais, objecta Maxime, toutes les femmes ne naissent pas pour être cuisinières.

Le paysan transperça son fils du regard, un regard qui disait clairement : De quoi oses-tu te mêler ?

Celui-ci se leva sans répondre et s'apprêta à sortir.

— Où vas-tu ?

— Nos réunions du soir ont recommencé, père.

— Mais tu n'es pas obligé d'y aller.

— Non, j'y vais parce que ça me fait plaisir.

— Eh bien, ça ne me fait pas plaisir à moi, dit le paysan, en se levant brusquement à son tour, c'est à ces réunions que vous apprenez à être mécontents. De mon temps, – et nous vous valions bien, certes, – nous passions nos veillées à la maison, à travailler le bois, raccommoder les outils, bref, on savait toujours quoi faire, mais aujourd'hui nos fils veulent devenir des messieurs, et l'on sait où ça mène.

Il toussa d'une manière significative.

— Et puis, quand le dégoût du travail est venu, quand l'envie de mettre l'habit noir vous prend, on s'imagine que c'est la vocation qui s'éveille. N'est-ce pas comme ça que vous dites ?

Maxime ne répondit pas, il enfonça son chapeau sur ses sourcils fortement contractés et, sans dire bonsoir à personne, sans même remarquer le regard sympathique et attendri de tante Olympe, il tira la porte sur lui.

CHAPITRE III

L'hiver avait passé, le froid, cette terrible souffrance du pauvre et du riche, avait pris fin, le ciel était bleu, le soleil était chaud et la terre, reconnaissante envers son Créateur, revêtait pour lui faire fête une robe nouvelle.

Dans les prés, les pâquerettes et les boutons d'or poussaient joyeusement à l'envi les uns des autres, et, dans les rameaux qui s'éveillaient, les petits oiseaux bâtissaient leurs nids, tout en se gazouillant des paroles d'amour. Partout régnait la joie, partout le bonheur, partout la vie.

— Partout ? Oh ! non, pas partout ; il y avait deux enfants qui ne prenaient aucune part à ce renouvellement de vie, de jeunesse et de bonheur.

Et pourtant, ils l'avaient appelé de tous leurs vœux, ce doux printemps, ce chaud soleil, durant ce triste et long hiver ; ils avaient ardemment souhaité son retour, assurés qu'à sa venue la toux opiniâtre de leur mère céderait aussitôt ; mais voilà qu'au lieu de reprendre vie, comme les fleurs des champs, ses forces l'avaient soudain abandonnée, et, par une belle journée, où le ciel était pur, où le soleil caressait la terre, où l'air était parfumé, où tout le monde devait se réjouir et être heureux, elle était entrée dans cette sombre vallée, où ses enfants ne pouvaient ni l'accompagner ni la secourir, où elle était seule, toute seule avec Celui dont la présence bannit la crainte.

Et, maintenant, ils restaient là, immobiles, en face de cette douce figure, si blanche, qui, peu d'instants auparavant, les regardait encore de ses beaux yeux profonds, sur lesquels tante Olympe avait abaissé les paupières.

Elle allait et venait sans bruit dans la chambre, la brave tante Olympe, remettant chaque chose en place et jetant, de temps à autre, un coup d'œil inquiet vers le lit, où les deux enfants demeuraient tout à fait tranquilles, comme s'ils craignaient de troubler leur mère dans son profond sommeil.

— Louis, murmura-t-elle enfin, ne veux-tu pas aller télégraphier à oncle Nestor pour lui dire que nous l'attendons au plus tôt, lui ou Maxime.

Le pauvre garçon secoua la tête et se mit à sangloter.

— Va, mon fils, dit sa tante, en passant tendrement la main dans ses jolis cheveux, va, ça te fera du bien de sortir ; ne pleure pas ainsi, sois raisonnable, vois comme ta sœur est sage, suis son exemple, mon garçon.

Mais plus elle parlait, plus la douleur du pauvre enfant redoublait de violence. Enfin, quand il eut pleuré jusqu'à en être épuisé, il se leva et quitta la chambre suivi de sa tante.

Pendant ce temps, Petite Nell n'avait pas fait un mouvement, la figure tournée vers celle de sa mère, ses doux yeux bleus fixés sur ceux qui ne devaient plus la regarder ; elle ne voyait rien, n'entendait rien, ne comprenait qu'une chose, une chose qu'elle ne voulait, qu'elle ne pouvait pas croire.

Elle avait tant lutté, durant ce long hiver, tant travaillé, tant bataillé, oh ! oui, de tout son cœur, de toutes ses forces, et il ne lui en avait rien coûté ; elle n'avait senti ni peine, ni fatigue, car la lutte est facile pour qui a l'espoir, pour qui ne croit pas à la défaite, et Petite Nell était sûre de la victoire…

Mais quand il faut céder, quand la mort est la plus forte, quand elle arrache de nos bras tout ce que nous aimions, il se fait en nous un écroulement qu'aucune parole, aucune larme ne saurait décrire.

Lorsque tante Olympe rentra dans la chambre et qu'elle vit la fillette assise à la même place, sa petite main posée sur celle de sa mère, sa jolie figure presque aussi blanche, aussi rigide que la sienne, elle s'avisa, pour la première fois, que cette grande tranquillité était pour le moins un peu singulière.

— Nellie, fit-elle doucement.

Mais l'enfant n'eut pas l'air de l'entendre.

— Nellie, répéta-t-elle, en lui posant la main sur l'épaule, il ne faut pas rester là plus longtemps.

La fillette releva la tête et regarda sa tante d'un air surpris.

— Ne reste pas là, répéta la brave femme, viens dans l'autre chambre, ne veux-tu pas nous aider, nous avons tant à faire ?

Petite Nell se leva, fit deux ou trois pas, puis tout à coup, se retourna vers le lit et ouvrit bien grands ses deux pauvres petits bras ; alors, avec un cri rauque, déchirant, comme tante Olympe n'en avait de sa vie entendu, elle tomba à terre sans connaissance.

La prendre dans ses bras, l'emporter dans la pièce voisine et la déposer sur son lit, fut, pour la pauvre tante, l'affaire d'une seconde.

— Chère petite, murmura-t-elle, tout en lui frictionnant les tempes et les mains, elle s'est trop fatiguée, elle n'en peut plus. Là, maintenant, ça ira mieux ; il faut essayer de dormir, tu es toute brisée ; surtout ne va pas te tourmenter, nous ferons très bien l'ouvrage sans toi.

Pour toute réponse, Petite Nell ferma les yeux et détourna la tête.

— Bon, pensa tante Olympe, elle dort déjà, ça lui fera du bien, et elle quitta la chambre sur la pointe des pieds.

* * *

Quelques heures avaient passé, et le petit salon, un instant plein de monde, était redevenu désert et silencieux ; les amis compatissants, venus pour rendre à la défunte les derniers devoirs, s'étaient évanouis comme des ombres, et les tendres paroles qui, un moment, avaient calmé la douleur des deux orphelins, ne résonnaient plus qu'indistinctes à leurs oreilles et avaient perdu leur force consolatrice.

Assis tout près l'un de l'autre, comme pour combler le vide qui venait de se faire, le frère et la sœur écoutaient, sans avoir le courage d'y répondre, les exhortations pleines de bonté que leur adressait tante Olympe.

Elle était pourtant bien fatiguée, la brave tante, et ses pauvres yeux rougis avaient grand besoin de sommeil, mais elle n'en continuait pas moins à parler et à encourager les deux enfants.

Elle savait par expérience qu'il est des moments dans la vie où, pour les cœurs accablés de chagrin, la nuit est pire que le jour ; elle savait qu'après un instant de sommeil les yeux s'ouvrent tout grands dans l'obscurité et que notre douleur, comme pour se venger du court répit accordé par la nature, prend des proportions si terribles, se fait si poignante, si aiguë, qu'incapable de la supporter, nous fuyons notre couche et nous attendons le jour sans oser nous rendormir, tant nous avons peur de nous réveiller.

CHAPITRE IV

Heureusement pour nous, quel que soit notre chagrin, notre deuil, le temps passe, emportant avec lui la première violence de notre douleur.

Pour Petite Nell et pour son frère, le temps passait aussi, bien que lentement, mais il passait néanmoins.

Louis était retourné à ses cours, quoiqu'il eût dès l'abord déclaré qu'il n'en ferait rien, ne sachant plus pourquoi ni pour qui il se donnerait la peine d'étudier ; et la brave tante avait eu bien du mal à faire comprendre à ce neveu rebelle que le travail est un devoir autant qu'un privilège, mais elle avait tenu bon et il fut bientôt prouvé qu'elle avait raison, le jeune étudiant retrouvait peu à peu cette humeur égale et joyeuse qui avait toujours fait le bonheur de sa mère.

Quant à Petite Nell, qu'aucune étude, aucun devoir n'obligeait plus à quitter la maison, elle passait ses journées dans une inaction qui désespérait tante Olympe, qui ne comprenait pas qu'on pût rester des heures les mains inoccupées et le regard perdu dans le vague. Mais elle n'osait rien dire et se contentait de la suivre des yeux, d'un air inquiet et un peu désapprobateur.

— C'est une drôle d'enfant, pensait-elle, je ne la comprends pas tout-à-fait. Et, comme elle n'avait jamais été forte pour les énigmes, elle ne cherchait pas à deviner celle-là.

Pendant ce temps, et peut-être pour échapper aux regards scrutateurs de sa tante, Petite Nell se glissait furtivement dans la jolie pièce, que remplissaient seuls, maintenant, les rayons du soleil. Et là, en face de ce lit vide, recouvert de blanc, en face de cette chaise longue, de ces oreillers qui gardaient encore l'empreinte de la tête chérie, elle s'abîmait dans ses souvenirs, revivait les derniers mois, les dernières semaines, repassait dans sa mémoire toutes les paroles de sa mère, s'efforçait de se rappeler le son de sa voix, son faible rire, cette toux même, qui, si souvent, lui avait déchiré le cœur.

Elle revoyait cette douce figure, toute blanche, ces beaux yeux, si tendrement inquiets, ces lèvres pâlies, qui souriaient encore, malgré la souffrance ; et, soudain, saisie d'un désir insensé de la presser encore une fois sur son cœur, elle se jetait sur le divan et serrait d'une étreinte passionnée l'oreiller où elle s'était reposée, y appuyait convulsivement sa joue et éclatait en cris et en sanglots, dont rien ne peut rendre l'amertume et la violence.

Mais tante Olympe, qui ne voyait pas ses accès de désespoir et qui était à cent lieues de les soupçonner, ne comprenait rien à cette douleur muette et tranquille. Elle se sentait gauche, intimidée devant cette silencieuse enfant qu'elle n'osait ni gronder, ni encourager et elle aurait donné beaucoup, dans son embarras, pour reprendre le chemin de sa demeure et retourner à ses occupations ; mais comment abandonner les deux orphelins, et quant à proposer à sa nièce de l'accompagner, elle eut mieux aimé tenir par les cornes un taureau furieux.

Et pourtant, il faudrait bien finir par parler. Si Louis voulait mener ses études d'ingénieur à bonne fin, sa sœur devrait nécessairement le quitter, elle était trop jeune, trop inexpérimentée pour tenir un ménage ; du reste, il y avait une raison qui primait toutes les autres, l'argent manquait, c'est à peine s'il suffirait aux études du jeune garçon, il ne resterait donc à Petite Nell qu'à accepter l'hospitalité de sa tante, du moins pour une année ou deux, jusqu'à ce qu'elle fût en âge de s'en aller seule par le monde, gagner son pain ou faire fortune à l'aide de ce beau diplôme, obtenu au prix de tant de labeur.

Voilà ce que tante Olympe voulait dire à ses neveux et ce qu'elle ne trouvait jamais le courage de leur communiquer, quand une lettre d'oncle Nestor vint faire cesser toute hésitation.

Après l'avoir lue et relue deux ou trois fois, dans une agitation extrême, elle se décida à appeler sa nièce auprès d'elle.

— Nellie, dit-elle, je viens de recevoir une lettre qui me met dans un grand embarras, car j'aurais voulu rester avec vous jusqu'aux vacances de Louis et vous emmener alors tous les deux chez moi, mais oncle Nestor m'écrit... m'écrit, continua dame Olympe d'une voix coupée par l'émotion, que mon jardin est en très mauvais état et qu'il n'a pas le temps de s'en occuper, car l'hiver a été long et tout l'ouvrage se trouve à faire à la fois ; et... il est décidé, si je ne rentre pas de suite, à prendre une servante, il en a déjà vu deux ou trois, et il est sur le point d'engager l'une d'elles.

— Alors, fit Petite Nell, dont la figure sérieuse était restée impassible, si oncle Nestor prend une servante, vous pourrez rester avec nous, tante Olympe, et nous partirons ensemble après les examens de Louis.

Au lieu de répondre, la brave tante enleva le châle qui lui couvrait les épaules et fit deux ou trois fois le tour de la chambre avant de pouvoir parler.

— Tu n'y entends rien, dit-elle enfin, rien du tout, il faut que je m'en retourne ; tu dois comprendre que je ne peux pas laisser une étrangère s'introduire ainsi dans ma maison. Que deviendraient mon linge, ma garde-robe, mes provisions !... En vérité, je crois que Nestor a perdu la tête.

— Écoute, petite, fit-elle, comme la fillette s'apprêtait à quitter la chambre, j'ai encore quelque chose à te dire. Est-ce que tu voudrais venir demeurer chez moi, en attendant que tu sois en âge de... de gagner ta vie ?

Un douloureux étonnement se peignit sur la figure de l'enfant.

— Tu sais, continua tante Olympe, décidée cette fois à décharger son cœur, que vous n'êtes pas riches.

Petite Nell fit un signe affirmatif.

— Et que ça coûte beaucoup d'étudier, et plus encore de tenir un ménage. Si tu ne veux pas venir demeurer chez moi, il faudra que Louis renonce à ses études et se cherche une autre occupation.

Une angoisse indicible passa sur le visage de la fillette.

— Mais, s'écria-t-elle, maman nous a recommandé de ne jamais nous séparer ; elle m'a dit... elle m'a dit de veiller sur Louis, de l'aider, de l'encourager, elle savait... elle savait qu'il...

Une explosion de larmes lui coupa la parole.

Tante Olympe attendit quelques secondes.

— Écoute, ma fille, dit-elle enfin, il nous faut parler raison, bien qu'il m'en coûte beaucoup. Tu ne sais peut-être pas que la pension de veuve qui vous aidait à vivre a pris fin en même temps que ta pauvre mère, et ce qu'elle vous laisse suffira tout juste pour l'entretien de Louis. Elle n'y a pas pensé, naturellement, sans cela elle ne vous aurait pas fait cette recommandation. Quant à encourager Louis, ce n'est vraiment pas nécessaire, il me semble ; et si tu veux venir demeurer quelque temps chez moi tu me feras plaisir ; Louis te rejoindra bientôt, et plus tard, dans une année ou deux, si tu en as encore le goût, tu seras libre de faire servir ce beau diplôme dont ta mère m'a parlé.

— Quand partirons-nous, tante Olympe ? murmura Petite Nell.

— Je ne sais pas encore, mais j'irai d'abord la première, pour remettre un peu d'ordre dans ma maison, voir ce qui s'y passe et préparer ta chambre ; tu comprends, il y a longtemps qu'elle n'a été habitée, je crois que c'est ta mère qui l'a occupée en dernier lieu ; oui, je m'en souviens, tu n'étais pas encore née, Louis n'avait que deux ans. Mais pour en revenir à mon départ, je sens qu'il vaut, mieux que je retourne seule d'abord, quand ce ne serait que pour les prévenir de ton arrivée ; tu sais, oncle Nestor est un peu singulier, il a des idées particulières sur les messieurs et les dames, mais au fond, il est bon comme l'or, seulement il ne faut pas le contrarier, tu comprends, n'est-ce pas ?

Mais si Petite Nell comprenait, elle n'en dit rien ; la figure cachée dans ses deux mains, elle pleurait comme si son cœur allait se briser.

Tante Olympe la regarda d'un air triste.

— Ça lui fera du bien, pensa-t-elle, en s'essuyant furtivement les yeux, les larmes sont pour les cœurs malades, comme la rosée du matin pour les fleurs fanées. Et soudain la vue de ses plates-bandes de géranium et de ses carreaux de légumes en désordre lui serra le cœur.

La nuit vint, mais la brave tante eut beau se coucher, tantôt sur un côté, tantôt sur l'autre, elle ne put trouver de repos.

Cette servante, dont la menaçait son beau-frère, était peut-être déjà installée chez elle, c'était même probable, et cette créature, dont personne ne connaissait ni le passé ni le présent, régnait en maîtresse dans sa propre demeure...

Suffoquée, elle repoussa son édredon.

En quel état allait-elle retrouver sa maison, mon Dieu ! Et ses armoires, et ses provisions ? Non, elle n'aurait jamais cru Nestor capable de lui jouer un pareil tour, introduire ainsi chez elle, sous son propre toit, une... une... quel nom lui donner ?

Elle détacha brusquement son bonnet et l'envoya promener au pied de son lit.

— Et qui sait, qui sait s'ils auront seulement pris soin de cacher les clefs de la cave et de l'office.

Pour le coup c'en était trop ; tante Olympe, la tête en feu, le corps en nage, sauta hors de son lit et s'habilla à la hâte pour ne pas prendre froid ; puis elle tira de dessous son armoire un grand sac de cuir, qu'elle remplit avec soin de ses hardes, et se rendit à la cuisine, alluma le feu et fit son déjeuner, non qu'elle eût faim, mais elle savait que sortir à jeun prédispose à toutes sortes de maladies, et elle n'avait pas le temps d'être malade.

Quand elle eut ainsi accompli son devoir vis-à-vis d'elle-même et de son prochain, elle entra sans bruit dans la chambre de son neveu.

— Louis, mon garçon…

Un léger grognement lui répondit.

— J'ai réfléchi, continua-t-elle, et je vois bien qu'il vaut mieux que je m'en retourne, je ne serais plus tranquille ; ne crois-tu pas aussi ?

Un nouveau grognement fut toute la réponse et tante Olympe, après avoir baisé le front du dormeur, sortit sur la pointe des pieds, pour pénétrer dans la chambre voisine.

— Nellie, ma petite.

Petite Nell était assise sur son lit.

— Ah ! tu ne dors pas, c'est bien ; vois-tu, petite, j'ai beaucoup réfléchi à la lettre d'oncle Nestor, cette nuit, et je vois qu'il vaut mieux que je parte ; je ne peux décidément pas laisser ma maison entre les mains d'une étrangère, tu comprends ?

— Oui, tante Olympe.

— Mais tu m'écriras et nous nous reverrons bientôt.

En disant ces mots, elle se pencha sur le petit lit.

— Il faut prendre courage, ma fille, quand ce ne serait que pour Louis, vois-tu ; moins on pense à soi, plus on est heureux.

Et, avec ces bonnes paroles, tante Olympe prit son sac et son parapluie, releva soigneusement les plis de sa robe noire et quitta la maison de ses neveux pour s'en aller à la recherche d'un véhicule.

CHAPITRE V

Tante Olympe avait retrouvé sa demeure comme elle l'avait laissée, ses piles de draps à leur place et ses clefs dans la poche de son neveu ; toutes ses terreurs s'étaient évanouies du même coup. Aucune étrangère n'avait mis les pieds dans son domaine et oncle Nestor, qui trouvait son tour bien réussi, en rit tout seul au-dedans de lui pendant que sa belle-sœur le laissa mettre sur le compte du voyage l'affreuse migraine par laquelle elle paya sa nuit d'insomnie.

Le temps perdu fut bientôt rattrapé, et son jardin, le plus grand du village, ne tarda pas à être, comme toujours, le plus propre et le plus avancé.

Deux semaines déjà s'étaient écoulées, quand elle put enfin profiter d'un jour de pluie pour préparer la chambre destinée à sa nièce. La jupe et les manches retroussées, elle lavait, frottait, essuyait, mettait tout sens dessus dessous pour avoir le plaisir de tout remettre en place.

— Si elle n'est pas contente, ce ne sera pas ma faute, pensait-elle, en promenant un long regard de satisfaction tout autour de la chambrette. Je suis sûre qu'elle va dormir comme une reine dans ce grand lit qu'Eugène aimait tant ; la glace est bien un peu petite, mais sa figure n'est pas grande non plus. Si seulement Maxime venait pour suspendre les rideaux.

Au même instant, et comme pour répondre à son souhait, la porte s'ouvrit et son neveu parut sur le seuil, une énorme botte de fleurs des champs sur un bras et un gros vase de faïence sur l'autre.

— Je t'en prie, ôte tes souliers ou mon plancher sera abîmé.

Le brave garçon se mit à rire.

— Impossible sans votre aide, tante.

— Au nom du ciel, pourquoi as-tu été chercher cette brassée de foin ? Il y a dans mon jardin des capucines et des œillets qui auraient fait un bien plus beau bouquet, ajouta tante Olympe en débarrassant les bras de son neveu.

— Je ne sais pas que vous dire, répondit-il en pénétrant avec respect dans le petit sanctuaire, je crois que les gens des villes aiment ça ; ne savez-vous pas qu'Anna Davy en fait de superbes bouquets qui se vendent au marché comme du pain.

Tante Olympe ne répondit pas et le regarda faire, pendant qu'il arrangeait soigneusement sa gerbe dans le vieux vase.

— Là, fit-il, en l'élevant à la hauteur de ses yeux, n'est-ce pas joli ?

— Est-ce avec Anna que tu as appris à faire les bouquets ? demanda malicieusement tante Olympe.

Le jeune homme se mit à rire.

— Ça se pourrait, répondit-il d'un air de joyeux mystère.

Maintenant, aux rideaux, ajouta-t-il, en posant le vase sur le petit poêle qui ornait un des angles de la chambre. Passez-les-moi, tante.

Ceux-ci posés, il s'éloigna de quelques pas pour juger de l'effet de la blanche cotonnade.

— Très joli, fit-il, tout est très bien ; mais, tante, il n'y a qu'une chaise et un tabouret dans cette chambre.

— Eh bien, n'est-ce pas assez ? Elle ne peut s'asseoir que sur l'un ou sur l'autre.

— Assez, oui, mais pas très confortable ; si l'on avait pu ajouter un fauteuil ou… ou un canapé.

— Un fauteuil ! pourquoi faire ? Est-ce qu'à son âge je m'étais jamais assise dans un fauteuil ou sur un canapé ; d'ailleurs, ajouta tante Olympe d'un ton concluant, je n'en ai point.

Il y eut un silence que le brave garçon employa à passer et repasser la main dans ses cheveux.

— Tu peux prendre le mien, dit enfin sa tante d'un ton un peu piqué, je m'en passerai.

— Votre fauteuil, jamais ; où feriez-vous votre somme de l'après-midi ? Non, laissez-moi réfléchir, je finirai bien par trouver une solution, sinon aujourd'hui, du moins une fois ou l'autre.

* * *

Le lendemain, après avoir mis son plus bel habit et s'être coiffé d'un chapeau de paille tout neuf, orné d'un large crêpe, Maxime partit au meilleur trot de sa petite jument.

— Tu reviendras avant la nuit, cria tante Olympe, et tu n'oublieras pas de lui donner mon châle aussitôt le soleil couché.

— N'ayez pas peur, j'en prendrai soin comme de ma prunelle, répondit-il, en tournant vers elle sa bonne figure souriante ; puis il leva son chapeau, fit claquer son fouet et disparut.

— Que d'embarras pour peu de chose, marmotta maître Nestor, comme sa belle-sœur passait près de lui en courant.

Mais sans y prendre garde, tante Olympe rentra dans la cuisine et se mit à pétrir de la pâte pour faire des gâteaux.

— C'est à croire que votre nièce est un ogre, fit le paysan, qui l'avait suivie sans bruit, ou bien allons-nous manger du gâteau tous les jours, c'est ça qui sera économique.

Tante Olympe ne daigna pas répondre et continua à pétrir dans un silence plein de dignité, pendant que son beau-frère la suivait des yeux d'un air narquois, tout en fumant sa pipe.

Quand elle eut fini, elle enleva son tablier de toile blanche et quitta la cuisine, mais pour reparaître, une demi-heure plus tard, la figure rouge et luisante de propreté. Un bonnet blanc, très simple, couvrait ses cheveux gris, fortement ondulés, et une robe de percale noire à pois blancs ornait sa personne, sans parvenir à dissimuler la longueur et la sécheresse de sa taille. Maître Nestor était encore à la même place, adossé au mur, et ressemblant plus que jamais à un volcan en ébullition.

— Jusqu'à quand resterez-vous là à fumer comme une locomotive, beau-frère ? fit-elle brusquement en saisissant une poêle à frire ; il me semble que vous pourriez bien vous reblanchir aussi un peu, et votre barbe est d'une longueur !…

— Je fais ma barbe le dimanche matin, sœur Olympe, et nous ne sommes qu'à vendredi soir, répondit tranquillement le paysan.

— Mais il me semble que, pour le premier jour, vous pourriez faire une exception.

— Et moi je pense que le premier jour doit ressembler au second, c'est pourquoi je reste comme je suis. Je n'entends pas, ajouta-t-il entre ses dents, que ces deux petits citadins viennent me faire la loi chez moi.

Sur ce, il reprit sa pipe et disparut bientôt littéralement aux yeux de tante Olympe.

— J'entends la voiture, fit-elle tout-à-coup, en relevant la tête, peut-être que vous voudrez bien tenir la poêle pendant que j'irai recevoir notre nièce.

Il la lui prit des mains et elle n'eut que le temps d'ouvrir la porte, Maxime venait de déposer Petite Nell sur le pavé de la cour.

— Bon Dieu ! comme tu as maigri dans ces quelques jours, s'écria la paysanne en embrassant la petite figure qui se levait vers la sienne. J'espère que tu n'es pas malade ?

— Non, tante Olympe, je me porte très bien.

— Et ton frère ?

— Louis aussi, et il se réjouit beaucoup de vous revoir, il viendra aussitôt qu'il pourra.

Pendant ce temps, Maxime avait porté les malles de sa cousine dans sa chambre.

— Maintenant, viens ma petite, dit tante Olympe, oui, entre seulement. Beau-frère, voici notre nièce.

— Bonjour, oncle Nestor, fit Petite Nell, de sa jolie voix un peu basse, j'espère que vous vous portez bien.

Le paysan jugea qu'il était temps d'abandonner sa pipe et quitta, non sans regret, le voisinage du potager.

— Oui, oui, je suis bien, je vous remercie ; et il prit, d'un air très gauche, la petite main gantée que lui tendait la fillette. J'espère aussi que vous avez fait bon voyage, dit-il ; puis, comme s'il était tout à coup frappé de la pâleur douloureuse de cette petite figure, il ajouta d'une voix qu'il essayait d'adoucir :

— Vous avez joliment besoin de l'air de la campagne, je n'ai jamais vu de joues pareilles aux vôtres.

— Oh ! ce n'est rien, je n'ai jamais eu de couleurs, mais je me porte très bien quand même, oncle Nestor.

— À présent, viens Nellie, fit tante Olympe, en la précédant dans l'escalier. Là, ne t'ai-je pas préparé une jolie chambre ? ajouta-t-elle, en ouvrant la porte ; mais elle s'arrêta interdite : vers la fenêtre ouverte, un joli fauteuil, recouvert d'une cotonnade aux brillantes couleurs, tendait ses bras aux visiteuses.

— Très jolie, merci, tante Olympe, vous êtes trop bonne. Oh ! les belles fleurs !

— Il paraît que Maxime avait raison, fit la brave femme en riant, c'est lui qui les a cueillies ; quant au fauteuil, en vérité, je ne sais pas où il se l'est procuré, il faudra que je le lui demande.

Et elle sortit pour satisfaire sa curiosité. Un peu plus tard, quand Petite Nell rentra dans la cuisine où le souper était servi, elle alla droit à Maxime et lui tendit la main.

— Merci, dit-elle, vous êtes trop bon, cousin Max.

— Moi, répondit le jeune garçon d'un air passablement embarrassé, ça ne vaut pas la peine d'en parler, cousine Nellie.

— De quoi te remercie-t-elle ? demanda maître Nestor, d'une voix qui n'avait rien d'encourageant.

— Il a mis un bouquet de fleurs des champs dans un de mes vieux vases et l'a porté en haut, répondit tante Olympe.

Le paysan haussa les épaules, et l'on se mit à table.

Pauvre Petite Nell, quelle peine elle se donna pour faire honneur aux gâteaux de tante Olympe et pour alimenter la conversation, que personne ne lui aidait à soutenir et qui mourait aussitôt entamée.

Mais, après le souper, la situation s'améliora pour chacun, Maxime mit son chapeau et sortit, oncle Nestor reprit possession de son mur et de sa pipe et tante Olympe se hâta de laver la vaisselle pour rejoindre sa nièce qui l'attendait dans la pièce voisine.

— Enfin, dit-elle, nous voilà seules, parle-moi de Louis, j'espère qu'il ne travaille pas trop, le brave enfant.

Un peu d'étonnement se peignit dans le regard que Nell jeta à sa tante.

— Non, dit-elle, je ne crois pas qu'il travaille trop.

— Maintenant, raconte-moi ce que vous avez fait depuis que je vous ai quittés.

Petite Nell obéit, mais elle fut vite au bout de sa tâche.

Décidément, pensa la paysanne, elle n'est pas la moitié aussi causeuse que son frère ; mais comme elle a pauvre mine, elle est peut-être bien fatiguée.

— Aimerais-tu aller te coucher, Nellie ? fit-elle, à bout de ressource.

— Oh ! oui, tante Olympe.

— Et bien je t'accompagnerai, car l'escalier est très sombre. J'espère, ajouta-t-elle en découvrant le lit, que tu ne feras qu'un somme jusqu'à demain. Bonne nuit, ma petite.

— Bonne nuit, tante Olympe.

C'est drôle, murmura celle-ci en redescendant l'escalier, comme ces deux enfants se ressemblent peu, elle est si froide, si tranquille, tout juste le contraire de Louis ; pauvre cher garçon, comme il pleurait à la mort de sa mère, et comme il était reconnaissant de l'affection que je lui témoignais, tandis qu'elle, c'est à peine si elle m'a remerciée pour tout le mal que je me suis donné à lui faire cette jolie chambre.

Pauvre Petite Nell, elle ne se doutait guère de son crime ; la tête cachée sous ses couvertures, les deux mains pressées sur ses lèvres, elle s'efforçait de ne trahir ni par un son ni par un cri le vide, la faim, la soif qui la dévoraient et que seuls connaissent ceux qui ont perdu la mère qu'ils aimaient, ceux qui donneraient tout pour la revoir, ne fût-ce qu'un instant, pour lui dire ne fût-ce qu'une parole, lui faire une caresse, une seule.

— Maman, maman ! c'était tout ce que la pauvre enfant pouvait dire, c'était le seul nom qui remplissait son cœur, la seule chose dont elle eût besoin.

CHAPITRE VI

— Ah ! ça, sœur Olympe, pour qui votre nièce se prend-elle, voilà plus de huit jours qu'elle est chez vous et je ne l'ai pas encore vue vous donner un coup de main, ni tenir une aiguille ni faire quoi que ce soit.

Tante Olympe, comme saisie d'étonnement, avait déposé l'assiette qu'elle tenait à la main et oubliait d'en prendre une nouvelle.

— Si vous pouvez me dire à quoi elle passe son temps, je vous en serai reconnaissant, poursuivit maître Nestor, car quant à moi je n'y vois goutte.

Dame Olympe parut réfléchir.

— Elle écrit tous les jours à son frère, je crois.

— Tous les jours !…

La voix du paysan mourut d'indignation dans sa gorge.

— Belle-sœur, reprit-il, après quelques secondes de silence, je vous croyais plus de sagesse et de discernement, ce n'est pas une raison parce qu'on a perdu ses parents pour se croiser les bras, bien au contraire ; mais ne disiez-vous pas qu'elle avait l'habitude de se lever à quatre heures tous les matins pour travailler ?

— Pour étudier, corrigea tante Olympe.

— C'est la même chose, interrompit le paysan, travail pour travail, si elle l'a fait autrefois, pourquoi ne le fait-elle plus ? Mais, comme il ne lui servirait à rien d'étudier encore l'allemand et l'anglais, si j'étais vous, j'essaierais d'en faire une bonne ménagère, c'est-à-dire un meuble utile. N'est-ce pas une honte de passer son temps à écrire ou à regarder voler les mouches, là, comme ça ; je ne sais vraiment pas comment elle ose encore venir à table, car ceux-là seuls qui ont travaillé ont le droit de manger.

— Oh ! soupira tante Olympe, ce qu'elle mange n'est pas lourd et depuis qu'elle est ici son appétit a encore diminué de moitié, et elle est d'une maigreur !...

— Mettez-la à l'ouvrage, faites-lui laver la vaisselle, sarcler les carreaux de votre jardin et l'appétit lui reviendra, je vous en réponds.

— Vous avez peut-être raison, je veux bien essayer de l'occuper, mais elle a si pauvre mine que je n'ai pas le courage de la rudoyer.

— Et ce n'est pas non plus mon idée, ce que je vous en ai dit, c'est pour son bien et pour le vôtre, belle-sœur.

Là-dessus, maître Nestor mit son chapeau, alluma sa pipe et prit le chemin de ses vignes ; mais, à peine avait-il refermé la porte sur lui, qu'elle se rouvrit et Maxime parut, l'air heureux et souriant, selon son habitude, une nouvelle brassée de foin dans les bras.

— Tante, portez ça à cousine Nellie, dit-il, en déposant sa gerbe sur la table, ce sont les dernières, je les ai cueillies avant de me mettre à faucher.

Au lieu de répondre, tante Olympe le regarda tristement.

— Qu'est-ce qu'il y a de nouveau ? demanda le jeune homme ; c'est encore le père, je parie.

— Mais, Maxime, cette fois il a peut-être raison, il croit qu'elle se porterait mieux et aurait une autre figure si elle travaillait un peu plus ; mais je ne sais pas comment le lui dire, elle a une manière de me regarder, chaque fois que je lui adresse la parole, qui me fait presque peur.

— À quel travail le père voudrait-il la mettre ? demanda Maxime.

— Je ne sais pas, un peu à tout, je pense ; il y a tant à faire dans un ménage de campagne et dans un jardin comme le nôtre.

Maxime haussa les épaules et se mit à rire.

— Avez-vous jamais regardé ses mains, tante ?

— Non, je ne crois pas, ont-elles quelque chose de particulier ?

— Certainement, car je n'en ai jamais vu d'aussi jolies, d'aussi petites et d'aussi blanches ; mettre un outil à sarcler dans de telles mains c'est bien une idée du père, ajouta-t-il, d'un air amusé.

— En tous cas, il n'a pas complètement tort, reprit sa tante, car il n'est rien de plus nuisible à la santé que l'inaction, surtout lorsqu'on a un sujet de peine ; et ce que j'en dis, ajouta-t-elle, je le dis par expérience ; quand j'ai perdu mes parents, mon jeune mari, ma sœur, que serais-je devenue si je n'avais pas eu le travail pour me distraire et me consoler ?

— Vous pouvez en faire l'essai, reprit le jeune homme, en ouvrant la porte, mais je doute de la réussite.

Tante Olympe poussa un soupir, tout en reprenant son travail.

Quelques minutes plus tard, comme Petite Nell descendait lentement l'escalier conduisant à la cuisine, elle l'appela.

— Sais-tu, petite, lui dit-elle, que ça nous fait de la peine, à oncle Nestor et à moi, de te voir si pauvre mine.

À ces paroles inattendues, les yeux de la fillette se remplirent de larmes.

— Peut-être, continua la paysanne, que tu t'ennuyerais moins si tu t'occupais à quelque chose.

— Mais, je ne sais pas à quoi, tante Olympe.

Et elle ajouta, après quelques secondes de silence :

— Si j'avais mon piano, il y a des moments où j'ai grande envie de jouer ; croyez-vous que ce serait possible de le faire venir, tante Olympe ?

Et il y avait dans ses doux yeux bleus et sur ses lèvres tremblantes un désir si intense que la brave femme en eût été émue si elle l'eût regardée, mais, juste en ce moment, elle arrangeait symétriquement, les unes à côté des autres, les assiettes qu'elle venait d'essuyer.

— Faire venir ton piano ? répéta-t-elle, bonté divine, qu'en ferais-tu ? Nestor en prendrait le mors aux dents, il n'y a rien qu'il déteste comme la musique ; non, il n'y faut pas songer, ma fille ; d'ailleurs je pense qu'il est déjà vendu, avec le reste des meubles dont Louis n'avait pas besoin ; il te faut chercher une autre distraction.

Petite Nell ne répondit pas.

CHAPITRE VI

— Si tu allais faire une visite à Mlle Steinwardt, elle s'informe de toi chaque fois que je la rencontre.

— Je ne sais pas de qui vous parlez, tante Olympe.

— Tu ne sais pas… mais de la sœur de notre médecin, celui que j'ai conduit un jour chez ta mère ; tu verras comme ils sont gentils.

— Non, merci, je n'ai pas envie de la voir, ni elle ni personne d'autre.

— C'est bien ce que je lui ai dit, soupira la paysanne. Eh ! bien, en attendant que le goût te vienne de lui rendre visite, tu pourrais mettre ton chapeau et aller au village faire quelques emplettes pour moi, ça te distraira ; mais auparavant, débarrasse-moi de ces fleurs que Maxime vient d'apporter.

Petite Nell obéit.

— Comme elle est impossible ! murmura tante Olympe, et Maxime qui s'imaginait lui faire plaisir.

— Mon Dieu, quelle lenteur ! J'ai cru que tu ne reviendrais jamais, s'écria-t-elle en la voyant reparaître ; tu descends l'escalier comme un colimaçon ; il faut absolument prendre un peu de vivacité, ma fille.

Petite Nell rougit et, sans rien dire, passa à son bras le panier que tante Olympe lui tendait.

— C'est égal, pensa la brave femme, en la regardant s'éloigner, ça lui fera du bien, j'en suis sûre ; pour cette fois, Nestor a raison, je le sens.

Pendant ce temps, Petite Nell s'acheminait le long de la grand'route, s'arrêtant à chaque instant pour reprendre haleine.

Arrivée au village, ce fut avec le même air d'automate et la même lenteur qu'elle s'acquitta de ses commissions et qu'elle se remit en route, son panier toujours passé à son bras.

Pauvre Petite Nell, elle n'aurait su dire ce qu'elle éprouvait, elle se sentait seulement très drôle et ne pouvait absolument pas avancer.

Depuis quelques jours déjà, elle avait une étrange sensation : il lui semblait que son cœur devenait de pierre et lui pesait si lourdement dans la poitrine qu'il l'étouffait ; par moment, la nuit surtout, cette sensation devenait intolérable, et, au lieu de dormir comme une reine dans son grand lit, elle passait de longues heures assise, n'osant pas s'étendre, dans la crainte de suffoquer.

Pendant le jour, ce malaise diminuait un peu, mais il reparaissait aussitôt qu'elle marchait ou descendait l'escalier. Si elle eût osé, elle l'eût dit à sa tante, mais elle n'osait pas.

Elle continuait donc à cheminer, s'arrêtant à chaque pas pour reprendre haleine et se reposer, quand elle entendit tout à coup courir derrière elle et une voix connue lui cria de l'attendre. L'instant d'après, Maxime, deux faux sur l'épaule, la rejoignait et lui prenait son fardeau.

— C'est trop lourd pour vous, vous n'en pouvez plus, dit-il, en remarquant sa respiration haletante et la moiteur de son front.

— C'est si stupide, fit Petite Nell.

— Il n'y a rien là de stupide, vous n'avez pas la force, voilà tout.

— Oh ! non, ce n'est pas cela, j'ai bien la force, mais, c'est ici, – et elle appuyait la main sur sa poitrine, – je ne sais pas ce que c'est, mais cela m'empêche d'avancer.

Maxime, qui ne savait pas non plus ce que c'était, se contenta de lui jeter un regard de commisération et régla son pas sur le sien.

— Cousin Max ? murmura-t-elle, comme ils approchaient de la ferme.

— Et bien, cousine Nellie ?

— Allez-vous quelquefois en ville ?

— Pas souvent, mais si vous avez besoin de quelque chose, je tâcherai de trouver un prétexte pour y aller.

Petite Nell secoua la tête.

— Non, je n'ai besoin de rien, mais si vous pouviez… – elle leva vers lui sa douloureuse petite figure, – si vous pouviez… – oh ! cousin Max, il y a huit jours que je n'ai reçu de lettre de Louis.

Le brave garçon avait le cœur serré.

— Ne vous tourmentez plus, cousine Nellie, je vais chercher un moyen, je finirai bien par le trouver, soyez-en sûr.

— Merci, fit Petite Nell, en lui tendant la main, et ses yeux se chargèrent de lui dire sa reconnaissance.

CHAPITRE VII

Quelques jours s'écoulèrent avant que Maxime pût tenir sa promesse, car maître Nestor n'entendait pas qu'on descendit en ville sans de bonnes raisons ; et le brave garçon avait beau chercher dans sa tête, il ne trouvait aucun prétexte pour s'éloigner et devait forcément répondre par un signe négatif, au regard anxieux que Petite Nell levait sur lui chaque fois qu'elle le rencontrait.

— Cousine Nellie, vous ne mangez rien, fit-il un jour, au beau milieu du dîner.

Petite Nell tourna vers lui un regard suppliant, mais il était trop tard, sa remarque avait attiré l'attention d'oncle Nestor.

— Ce n'est pas surprenant, dit-il, quand les marmottes dorment elles ne mangent pas non plus.

À ces paroles, le sang jaillit aux joues de Maxime, et tante Olympe se remua sur sa chaise, comme s'il s'y fût trouvé des épines. Seule, Petite Nell demeura impassible, elle n'avait pas compris.

— À propos, fit la paysanne, après un moment de pénible silence, il faudra que je descende en ville prochainement.

— Vous, sœur Olympe, est-ce que Maxime ne pourrait pas vous remplacer ? J'avais justement l'intention de l'y envoyer un de ces jours, pour chercher des journaliers ; nous ne pouvons plus nous en passer, tout l'ouvrage est à faire à la fois, grâce à ce maudit hiver qui ne voulait pas finir ; si cela vous arrange, il pourrait déjà partir cet après-midi.

Maxime jeta un regard furtif à Petite Nell, dont les joues s'étaient tout à coup mises à brûler ; mais il jugea plus prudent de ne pas prendre part à l'entretien et se hâta d'achever son repas de l'air le plus tranquille et le plus indifférent. Une heure plus tard, il revêtait ses meilleurs habits, attelait la petite jument et se préparait à partir. Petite Nell, debout au seuil de la porte, le regardait faire, tout en répondant par un signe de tête au sourire d'intelligence que le brave garçon lui envoyait de temps à autre.

— À demain soir, cousine Nellie, vers huit heures, cria-t-il, en se hissant sur son siège.

— Attendez, cousin Max !

Et elle s'élança vers le char et, se haussant sur la pointe des pieds :
— Dites-lui… dites-lui qu'il doit m'écrire tout de suite, que je ne peux plus vivre sans nouvelles.

Sa voix était haletante et ses joues brûlaient encore.

— Soyez sans crainte, cousine, je ferai votre commission. Hue, la Grise !

Petite Nell le regarda partir, debout à la même place.

— Tiens, fit la voix d'oncle Nestor, la voilà changée en statue de sel.

Mais elle n'eut pas l'air d'entendre, et ne s'éloigna que lorsque le char eut disparu à ses yeux.

— Au nom du ciel, d'où viens-tu ? s'écria tante Olympe, en la voyant rentrer, tu es rouge comme une cerise, as-tu mal à la tête ?

— Non, je ne sais pas, je me sens seulement un peu drôle.

— Alors, va te mettre sur ton lit et tâche de dormir un moment.

— Oh ! non, c'est impossible, j'aime mieux rester debout.

— Comme tu voudras, ma fille, mais il ne faut pas tomber malade, ajouta la paysanne, en regardant, avec un étonnement mêlé d'une vague inquiétude, les belles couleurs de sa nièce.

* * *

Comme il l'avait annoncé, le lendemain, à huit heures précises, Maxime et son char entraient dans la cour ; mais il eut beau appeler, claquer du fouet, personne ne vint à sa rencontre.

— Ah ! ça, pensa-t-il, en ouvrant la porte de la cuisine, c'est à croire qu'ils sont tous morts et enterrés.

Au même instant, le pas de tante Olympe se fit entendre dans l'escalier.

— C'est toi, Maxime ?

— Je crois bien que c'est moi et affamé encore ; mais… – il éleva la petite lampe à la hauteur du visage de la paysanne, – mais, je ne suis pas sûre que ce soit vous, tante.

La brave femme ne répondit qu'en se laissant tomber sur un tabouret et en cachant sa figure décomposée dans ses mains.

— Oh ! mon garçon, elle va mourir, le médecin dit qu'il n'ose pas nous donner le moindre espoir, le mal est trop avancé ; il y a des semaines qu'on aurait dû la soigner, mais je ne pouvais pas deviner ; elle a, paraît-il, de l'eau dans les poumons et ça risque de l'étouffer.

Maxime ne répondit pas ; il s'était adossé au mur et serrait fortement ses lèvres l'une contre l'autre.

Retrouver aux portes de la mort celui ou celle qu'on a laissé, quelques heures auparavant, plein de vie nous cause toujours un choc plus ou moins violent, quel que soit d'ailleurs notre degré d'affection ou d'indifférence. Son émotion n'avait donc rien que de très ordinaire.

— Comment cela est-il arrivé, tante ? demanda-t-il enfin.

— Voilà la chose, mon garçon. Ce matin, voyant qu'elle ne descendait pas pour déjeuner, je montai chez elle, tout en me disant que ce long sommeil lui aurait fait du bien, mais trouvant pourtant que trop, c'était trop.

J'allais ouvrir sa porte, quand je l'entendis crier : Est-ce toi, maman ?

— Tu peux comprendre mon épouvante, tout mon sang m'est allé au cœur ; j'entre, et je la trouve assise sur son lit, la figure très rouge et tenant à la main un papier blanc, sur lequel elle semblait voir toutes sortes de choses. Elle ne me jeta qu'un coup d'œil et recommença à lire à haute voix, mais cela allait si vite, si vite que je ne comprenais pas un mot.

— Nellie, dis-je, toute tremblante, as-tu encore mal à la tête ? Et comme je m'approchais pour toucher son front : « Ôtez-vous, criat-elle, vous m'empêchez de voir la porte, et je veux être la première à courir à sa rencontre, personne n'a le droit de l'embrasser avant moi, non, personne, vous entendez ; et elle me regardait avec des yeux… » Oh ! Maxime, j'eus une telle peur que je courus hors de la chambre pour appeler ton père, mais elle ne le reconnut pas non plus ; alors je lui dis d'aller en hâte chercher le médecin. Mais, mon Dieu ! que le temps me parut long jusqu'à son retour ! Je n'osais ni me montrer ni faire un mouvement, tant je craignais de la fâcher, car elle parlait avec sa mère sans s'arrêter une seconde ; jamais je ne lui en ai tant entendu dire, je crois même qu'elle l'embrassait.

Enfin, oncle Nestor revint, et, bientôt après, Monsieur Steinwardt, qui me fit d'abord quelques questions, puis s'assit à côté du lit, où il resta très longtemps.

Je tâchai bien de voir sa figure, mais j'avais beau faire, je ne pouvais rien deviner. Enfin, il se leva en me faisant signe de le suivre, et quand nous fûmes seuls dans ma chambre, il me dit qu'il ne croyait pas pouvoir la sauver, mais qu'il allait tenter d'une opération pour enlever l'eau des poumons.

— Il paraît, reprit la brave femme, que cette eau menaçait de l'étouffer à chaque instant, c'est pourquoi elle marchait si lentement ; et moi qui lui reprochais toujours d'aller comme un colimaçon, mais c'est que je ne me doutais pas… Enfin, tu peux comprendre en quel état j'étais, et juste en ce moment on vint m'avertir que les ouvriers que tu avais engagés venaient d'arriver. Oh ! pour le coup, je crus perdre la tête.

— Tante, interrompit Maxime, il vaut peut-être mieux que vous remontiez, il ne faut pas la laisser seule.

— Mais elle n'est pas seule, écoute encore une minute. Je te disais donc… bon, je n'y suis plus, tu m'as interrompue – bref, une demi-heure plus tard, M. Steinwardt était de retour, accompagné de sa sœur, qui venait me demander, tu entends, me demander, presque comme une grâce, de lui permettre de soigner Nellie, au moins les premiers jours, car elle savait que l'ouvrage pressait chez nous et qu'il me serait impossible de ne pas la quitter une seule minute, comme son frère me l'avait ordonné.

Et voilà, conclut Mme Olympe, ce que j'appelle se conduire honnêtement ; ils font le bien sans embarras, sans bruit, comme s'ils n'étaient venus au monde que pour cela.

Maxime sourit.

— Oh ! tu as beau rire, je n'ai pas encore vu leur semblable.

— Mais, tante, vous les connaissez si peu, ils ne sont ici que depuis une année.

— Ça me suffit, il ne me faut pas beaucoup de temps pour juger d'une étoffe.

— Pourtant il court sur leur compte ou plutôt sur son compte, à lui, des bruits assez étranges, reprit le jeune garçon, que l'enthousiasme de sa tante excitait à la taquiner ; on ne parle de rien moins que d'un meurtre volontaire ou involontaire sur la personne d'un de ses amis.

— Veux-tu bien te taire, tu ne sais pas ce que tu dis, fit tante Olympe, en se levant brusquement, comment oses-tu répéter de pareilles niaiseries !

— Et bien, si ce sont des niaiseries, pourquoi a-t-il toujours l'air si inquiet ou si triste ?

— Je ne sais pas, c'est sa figure qui est comme ça.

— Alors, quand on n'a rien à se reprocher…

— Écoute, Maxime, interrompit sa tante, à tous ceux qui racontent ces sottises, dis-leur qu'on n'a jamais vu un mauvais arbre porter tout à coup de bons fruits. Mais je sais bien pourquoi l'on s'acharne ainsi après eux, c'est tout simplement parce qu'ils sont étrangers ; comme si les Allemands ne nous valaient pas ; mais chez nous l'on n'aime et l'on n'estime que les produits du pays.

— Ah ! pour ça vous avez raison, fit Maxime ; vous connaissez le proverbe, tante : « Il n'y en a point comme nous ». – Mais où est le père ?

— Il est sorti, ce soir, avec nos hommes ; il faut absolument qu'il les tienne à distance, car ils font un tapage affreux, dès qu'ils ont une goutte de vin dans la cervelle. Maintenant, je vais préparer leurs lits dans la grange ; mais avant tout, je veux te faire à souper, et pendant ce temps tu me donneras des nouvelles de Louis.

— Tiens, c'est vrai, j'oubliais mon cousin, chez lequel je suis pourtant allé trois fois, sans le trouver ; à la fin, je l'ai rencontré dans la rue, tout à fait par hasard ; mais il a paru charmé de me voir, m'a demandé des nouvelles de tout le monde, et m'a chargé de toutes sortes de gentils messages pour vous et pour sa sœur.

— Pauvre cher enfant, il est toujours le même, sanglota tante Olympe ; quel coup pour lui ! – Avait-il l'air bien portant, Maxime, pas trop fatigué ? J'ai toujours peur qu'il ne travaille au-dessus de ses forces.

— Eh bien, tante, mon avis est que vous vous alarmez à tort, je ne crois pas que mon cousin fasse des excès de travail.

Tante Olympe releva brusquement la tête.

— Que veux-tu dire, aurait-il échoué ses examens ?

— Je n'en sais rien ; quand je lui en ai demandé des nouvelles, il m'a fait une réponse si compliquée, si entortillée, que j'en ai été pour mes frais.

— Mais alors, si tu n'as pas compris, ce n'est pas une raison pour croire… pour imaginer…

— Ç'eût été si facile de répondre oui ou non, dit Maxime, en prenant place à table.

— Tu le crois, mais pour ceux qui étudient c'est différent, ils se servent de termes que nous ne connaissons pas.

— Peut-être, répondit le jeune paysan, en relevant ses sourcils d'un air de doute et en attirant devant lui le potage bouillant que tante Olympe venait de déposer sur la table.

CHAPITRE VIII

Toute une semaine avait passé, et, pour Petite Nell, les nuits et les jours n'avaient plus de différence. Son pauvre corps, dévoré par la fièvre, n'avait pas un instant de repos, et sa petite tête, obsédée par la même pensée, continuait à poursuivre la même vision. Elle ne reconnaissait personne, n'entendait rien, ne voyait rien, rien que cet être invisible avec lequel elle ne cessait de s'entretenir, qu'elle suppliait, en termes les plus tendres et les plus passionnés, de ne pas la quitter, de rester avec elle toujours, toujours, toujours.

D'autres fois, elle lui parlait tout bas, sur un ton de joyeux mystère ; puis, elle se mettait à rire à la pensée d'aller bientôt vivre dans ce pays ensoleillé dont Louis avait parlé un jour. Et puis, la scène changeait, le lit était vide, la tête chérie ne reposait plus sur l'oreiller, elle était partie, et Petite Nell la suppliait, la conjurait de revenir, elle voulait la revoir, rien qu'un moment, un tout petit moment, et, pour cela, elle irait jusqu'au bout du monde, s'il le fallait.

Et, dans son ardeur, elle se serait jetée hors du lit, si une main ne l'eût retenue et n'eût remis sa pauvre tête divagante sur l'oreiller. Mais la petite malade, toujours inconsciente, ne sentait pas la douce pression de cette main, qui continuait à garder la sienne, ni le regard plein de tendresse qu'on attachait sur elle, ni les larmes toutes chaudes qui tombaient parfois sur sa pauvre figure.

Elle ne sentait rien, Petite Nell, et ne se doutait pas plus des fréquentes visites de son médecin que de la présence de sa garde-malade.

Assise près du lit, dans le fauteuil de Maxime, celle-ci poursuivait sa veille, le regard fixé sur la petite figure blanche qui se détachait à peine de l'oreiller.

Depuis quelques instants, Petite Nell semblait moins agitée, ses lèvres avaient peu à peu cessé de remuer, son souffle devenait plus lent, plus égal, par moment même elle paraissait dormir. Était-ce la fin, était-ce le commencement ? personne n'aurait su le dire, il fallait attendre.

La nuit passa, l'aube paraissait déjà, remplissant la chambrette d'une teinte grise et confuse, quand Petite Nell ouvrit les yeux.

Elle avait dormi, pour la première fois, mais... que s'était-il donc passé ? Elle pouvait respirer sans peine, sans douleur, et pourtant... elle était couchée, oui, tout étendue dans son grand lit, mais, comme elle avait rêvé ! elle en était encore fatiguée.

Et... et voilà tante Olympe, assise dans son fauteuil. Ah ! oui, elle se souvenait de tout maintenant, elle avait eu un grand mal de tête et sa tante lui avait conseillé de se coucher et sans doute elle avait veillé près d'elle ; pauvre tante Olympe ! Mais... se trompait-elle... rêvait-elle encore ?... La tête qui s'appuyait sur le fauteuil de Maxime était-ce bien celle de sa tante ?

Petite Nell essaya de se pencher en avant. Oui, bien sûr, elle rêvait encore, car ses jolis cheveux châtains, partagés sur ce front pâle, un peu fatigué, n'étaient pas ceux de tante Olympe ; ces beaux sourcils bruns n'étaient pas non plus les siens, cette bouche grave, un peu austère, ces mains blanches et bien découpées, qui reposaient sur la robe noire de la dormeuse, ne lui avaient jamais appartenu.

De plus en plus perplexe, Petite Nell ferma les yeux pour échapper à cette nouvelle vision.

Quand elle les rouvrit, un gai soleil remplissait la chambre et... le petit fauteuil de Maxime était vide, l'apparition avait disparu, elle avait rêvé ; mais... elle passa la main sur ses yeux, elle rêvait sans doute encore, car, en ce moment, elle venait d'apercevoir, au pied du lit, cette même figure inconnue, qui lui sembla se pencher sur elle d'un air anxieux.

Petite Nell resta immobile, les yeux attachés sur ceux qui la regardaient avec une expression si étrange, si voisine de la tendresse que son cœur se mit à battre.

— Je crois que je rêve, murmura-t-elle, en passant de nouveau la main sur son front.

L'apparition eut un sourire qui laissa voir à Petite Nell deux rangées de dents très blanches et très réelles.

— Non, dit-elle, vous ne rêvez plus.

— Mais alors…

— Mais alors, vous voudriez savoir qui je suis et ce que je fais ici ?

— Oui, madame.

— Pour commencer, il ne faut pas m'appeler « madame » ; je ne suis que la sœur de votre médecin, sa sœur Hélène, et je suis ici pour vous soigner, c'est-à-dire pour soulager votre tante qui avait trop à faire, et maintenant vous allez vous dépêcher de vous guérir, n'est-ce pas ?

— Me guérir, répondit la fillette, alors, j'ai été malade ?

— Oui, très, très malade, répondit Mlle Steinwardt en se rapprochant d'elle ; mais vous êtes mieux déjà, beaucoup mieux.

Il y eut un silence, pendant lequel la petite malade resta toute songeuse.

— Et… Et c'est vous qui m'avez soignée, dit-elle enfin ; je ne comprends pas… oh ! si, je comprends, vous êtes une infirmière.

Mlle Hélène sourit de nouveau.

— Il n'est pas nécessaire de comprendre, dit-elle, et son regard, tout lumineux de tendresse, enveloppait la fillette comme d'une chaude caresse.

Petite Nell n'ajouta rien, ses faibles bras étaient passés autour du cou de sa garde-malade, sa joue était pressée contre la sienne, elle avait compris !…

CHAPITRE IX

Comme il suffit parfois d'une goutte d'eau pour sauver la plante qui va se flétrir, il suffit aussi souvent d'un regard affectueux, d'une parole tendre pour rendre la vie au cœur qui s'en va mourir.

Le sourire de sa garde-malade avait été pour Petite Nell la goutte

CHAPITRE VIII

d'eau bienfaisante.

Immobile, dans son grand lit, elle pensait, elle pensait aux longs jours, aux longues nuits de sommeil enfiévré qu'elle venait de traverser, elle pensait à sa grande solitude, à son dépouillement, à ses continuelles anxiétés au sujet de son frère ; elle se rappelait que, dans son angoisse, elle avait souhaité s'endormir pour toujours.

Et voilà qu'elle venait de s'éveiller, non plus la pauvre petite fille désolée dont elle se souvenait si bien, mais riche, riche d'une nouvelle affection, et, les mains jointes, le cœur rempli d'un joyeux étonnement, elle remerciait Dieu du beau réveil qu'il lui avait préparé.

Elle voulait vivre, maintenant, elle voulait essayer d'être pour son frère, malgré la distance, malgré l'éloignement, tout ce que sa mère lui avait recommandé. Elle voulait plus encore, elle voulait tâcher de se rendre utile, d'aider tante Olympe, de vaincre sa répugnance pour les travaux du ménage, de faire plaisir à tous, même à oncle Nestor, si c'était possible.

Et, pendant qu'elle songeait ainsi, Petite Nell suivait des yeux tous les pas, tous les mouvements de sa garde-malade, qui allait et venait sans bruit dans la chambre, mettant tout en ordre, pour recevoir la visite du médecin.

— Sœur Hélène.

Mlle Steinwardt se retourna.

— Pourquoi vient-il si souvent ? demanda la fillette, en regardant du côté de la porte, à présent je suis presque guérie.

— Je ne crois pas qu'il vienne plus souvent que ce n'est nécessaire, répondit la garde-malade, en se rapprochant du lit ; n'aimez-vous pas ses visites, Petite Nell ?

— Oh ! si..., je ne sais pas, il me fait toujours peur.

— Peur ! mon frère vous fait peur ? Il faut être une petite sauvage comme vous pour dire une chose pareille, à moins, – elle se mit à rire. – à moins que ce ne soit le souvenir de votre première rencontre ; vous avez mauvaise conscience, ma chérie, voilà tout.

— Oh ! non, ce n'est pas cela, mais comment le savez-vous ?

— C'est lui qui m'a parlé d'une petite fille, si pressée d'embrasser sa mère, qu'elle renversait tout sur son passage, même les médecins.

Petite Nell n'ajouta rien, elle regardait fixement le plafond pour empêcher deux grosses larmes de rouler sur ses joues.

— Depuis lors, continua tout bas sœur Hélène, j'ai bien souvent pensé à cette petite fille et quand j'ai appris qu'elle demeurait ici, j'avais grande envie de venir la voir, mais tante Olympe assurait qu'elle ne voulait parler à personne ; ce n'est que plus tard, lorsqu'elle était trop malade pour s'y opposer, que j'ai eu la permission de venir auprès d'elle.

Il y eut un court silence, pendant lequel Petite Nell resta bien tranquille, la joue appuyée sur la main de sa nouvelle amie.

— Si j'avais su, murmura-t-elle enfin, que vous lui ressembliez si peu, je n'aurais pas eu peur de vous voir.

Sœur Hélène sourit.

— Ce n'est pas tout à fait gentil, ce que vous dites là, Petite Nell.

— Mais ce n'est pas de ma faute ; pourquoi fronce-t-il le sourcil comme quelqu'un qui va se mettre en colère.

Sœur Hélène avait relevé la tête, sa belle figure, habituellement pâle, s'était subitement colorée.

— Mon frère ne se fâche jamais, Petite Nell ; il n'y a pas au monde un être meilleur et plus inoffensif ; vous le sauriez déjà si vous le connaissiez mieux, et ce que vous appelez froncer le sourcil n'est... n'est que...

Un coup frappé à la porte vint l'interrompre, et celui qu'elle défendait si chaleureusement parut sur le seuil.

Petite Nell avait raison ; le visage du nouveau venu était singulièrement grave et ses sourcils noirs, rapprochés l'un de l'autre par une contraction habituelle, augmentait encore la sévérité de son expression ; sa bouche, que recouvrait une moustache brune, ne semblait pas faite pour le sourire ; seuls, ses yeux, des yeux gris, pénétrants, mais pleins de bonté, donnaient un démenti formel à toute sa figure.

Il tendit la main à sa sœur et s'approcha de Petite Nell.

— Bien, dit-il, plus de fièvre ; si cela continue, Mlle Daval pourra se lever quand elle voudra, à la condition toutefois de ne pas se fatiguer ni de prendre froid ; tu y veilleras, Hélène.

En disant ces mots, il se leva et rejoignit sa sœur près de la fenêtre.

— Dans un jour ou deux, continua-t-il, vous pourrez descendre au jardin, c'est là que les forces reviennent, le plus vite ; et cela ne te fera pas de mal non plus, tu n'as guère bonne mine.

— Qu'est-ce que cela fait, je ne me sens pas même fatiguée.

Il eut un imperceptible sourire.

— Cela ne m'étonne pas, ce sera pour plus tard, quand tu auras le temps, ajouta-t-il, en prenant son chapeau.

— Oh ! comme tu es pressé, attends encore un peu ; comment se porte Gritli ?

— Bien, mais elle me menace à chaque instant de partir, si tu ne rentres pas bientôt ; elle dit que si elle avait connu tes intentions, elle ne t'aurait jamais suivie.

Mlle Hélène se mit à rire.

— Pauvre Gritli, il faut qu'elle prenne patience encore quelques jours ; est-ce qu'elle te soigne bien ?

— Naturellement, parce que je suis ton frère, mais je ne dois pas me faire d'illusion.

— Donc, nous nous lèverons aujourd'hui, et après-demain nous descendrons au jardin.

— C'est cela, et, continua-t-il en se tournant vers Petite Nell, si rien ne survient d'ici à une huitaine de jours, vous pourrez nous congédier tous les deux, garde-malade et médecin.

Puis, s'adressant à sa sœur :

— Ne veux-tu pas faire quelques pas avec moi, Hélène ?

— Volontiers ; je serai de retour dans deux minutes, Petite Nell.

Mais, soit que les deux minutes lui eussent paru très longues, soit autre chose, quand Mlle Steinwardt rentra, elle trouva sa petite malade assise sur son lit et sanglotant de toutes ses forces.

— Ma chère, chère petite, qu'est-ce qu'il y a ? je vous en prie, dites-le-moi, dites-le-moi vite, chérie, je suis si inquiète.

— Il a dit... il a dit... dans huit jours ! sanglota Petite Nell, et je serai de nouveau toute seule, et je ne vous verrai plus.

— Oh ! n'est-ce que cela ! s'écria gaiement sœur Hélène ; mais nous nous verrons encore, ma chérie, nous nous verrons chaque jour, si vous voulez.

— Ce ne sera plus la même chose, lit Petite Nell, au milieu de ses larmes.

— Heureusement non, aimeriez-vous à passer toute votre vie dans ce lit ?

— Je ne sais pas, peut-être, si vous vouliez rester près de moi.

Sœur Hélène sourit.

— Et mon frère, que deviendrait-il ? pensez combien il est seul maintenant ; il n'a pas été égoïste, lui, et vous ne voulez pas l'être non plus, et le priver de sa sœur plus longtemps qu'il n'est nécessaire.

Et comme la réponse se faisait attendre :

— Au lieu de nous désoler, reprit-elle, nous devons être reconnaissantes envers Dieu ; pensez, Petite Nell, comme notre vie va être différente, maintenant que nous nous connaissons.

— Oh ! s'écria la fillette, vous, vous n'avez pas besoin de moi.

— Vous croyez, et bien, vous vous trompez ; j'ai, au contraire, grand besoin de vous et de votre amitié.

La figure de Petite Nell devint rayonnante.

— Et maintenant, poursuivit sœur Hélène, nous allons faire ensemble de beaux projets d'avenir, et pour commencer…

En cet instant la porte s'ouvrit et tante Olympe entra, radieuse, une lettre ouverte à la main.

— Il faut te dépêcher de te guérir, Nellie, Louis sera ici dans une semaine au plus tard.

— Louis !… Une vive émotion colora les joues de la fillette. Oh ! quel bonheur !… mais… est-ce qu'il parle de ses examens, tante Olympe ?

— Non, mon enfant, il n'en dit rien, et c'est le meilleur signe qu'il les a passés et bien passés, sans cela il l'écrirait ; tu n'as pas besoin de pâlir ainsi, petite, Louis connaît son devoir.

— Savez-vous, fit sœur Hélène, sans quitter des yeux la figure anxieuse de la fillette, savez-vous, madame Olympe, que nous avons enfin la permission de nous lever ?

— Vraiment ! alors dépêchons-nous, j'ai justement le temps de vous aider.

— Pour aujourd'hui, reprit la garde-malade, Nell ne fera que passer une robe de chambre.

— Mais je n'en ai point, et celles de maman sont beaucoup trop longues.

— Qu'importe ! ma chérie, pour aller jusqu'à votre fauteuil.

La minute d'après, Petite Nell, soutenue par son amie, se dirigeait vers le fauteuil de Maxime.

— Mon Dieu ! s'écria tante Olympe, que t'est-il arrivé, Nellie, la robe de ta mère n'est presque pas trop longue.

— C'est égal, fit sœur Hélène en souriant, elle ne grandira jamais tellement que nous ne puissions l'appeler « Petite Nell. »

— À présent, je vais te chercher quelque chose à manger, reprit sa tante en arrangeant ses coussins.

— Ce n'est pas nécessaire, je n'ai pas du tout faim, murmura Petite Nell, qui se sentait toute étourdie et déjà fatiguée de son voyage.

— Si, si, il le faut, tu dois avoir de belles couleurs pour fêter l'arrivée de Louis.

La fillette ne répondit pas, elle appuya sa tête sur l'oreiller et ferma les yeux.

Tante Olympe quitta la chambre, et sœur Hélène, en s'asseyant près de sa petite malade, crut voir deux larmes glisser tout doucement le long de ses joues pâles.

CHAPITRE X

Il y avait dans le jardin de tante Olympe, où chaque recoin, chaque morceau de terre, gros comme la main, était soigneusement cultivé, où tout avait sa raison d'être et son utilité, où les allées, par le même esprit d'économie pratique, étaient si étroites qu'on ne pouvait y marcher deux de front, il y avait pourtant un objet de luxe et de parfaite inutilité, un objet qui de tout temps avait excité la réprobation de maître Nestor. Tout au fond, à l'endroit où finissaient les carrés de légumes et les plates-- bandes de fraises, un vieux pavillon, comme s'il avait eu honte de son existence, se cachait littéralement sous une épaisse couverture de vigne vierge, dont les rameaux descendaient jusqu'à terre et bouchaient presque la porte.

Bien des fois, oncle Nestor avait proposé à sa belle-sœur de raser ce meuble et ce feuillage inutiles, et d'installer à leur place quelque bel arbre de rapport, car, selon lui, ce fouillis de verdure, n'était propre qu'à fournir de rhumatismes les fous qui venaient y chercher ombre et fraîcheur, et pour rien au monde il n'aurait voulu y mettre les pieds ; il préférait de beaucoup passer ses sabbats assis au soleil, sur le mur grillé du jardin, en compagnie des lézards qui semblaient partager son goût.

Mais à toutes ses railleries et ses insinuations tante Olympe avait fait la sourde oreille, et elle avait réussi à conserver intact cet abri qui lui rappelait maints souvenirs de son enfance, son père, sa mère et même une vieille grand'mère qu'elle y avait vue tricoter, pendant des années, du matin au soir.

C'était là aussi qu'elle venait maintenant passer ses après-midi du dimanche et qu'elle lisait les journaux de la semaine, sur lesquels on la trouvait généralement endormie.

Et c'était encore là que, depuis quelques jours, Maxime descendait, chaque matin, Petite Nell et la déposait dans son fauteuil, avec les mêmes précautions que si elle eût été de verre. Petite Nell et sœur Hélène ne pouvaient s'empêcher de rire, mais le brave garçon n'en perdait pas un atome de gravité et accomplissait consciencieusement la tâche qu'on lui avait confiée et qu'il n'aurait voulu céder à personne.

Et quand la petite malade avait passé quelques heures à ne rien faire qu'à se laisser doucement vivre et regarder le ciel bleu au travers des échancrures du feuillage, c'était encore Maxime qui avait le privilège de la reporter dans sa petite chambre.

Mais, lorsqu'un beau matin on lui apprit qu'il n'aurait plus à descendre au jardin que le fauteuil de sa cousine, il fut presque un peu déçu que les forces lui fussent si vite revenues.

Ce jour-là, Petite Nell et son amie ne quittèrent pas le pavillon de tante Olympe, mais, contre leur habitude, elles restaient de longs moments silencieuses, absorbées chacune dans leurs propres pensées.

— Je viendrai demain de bonne heure, pour savoir comment vous avez dormi sans votre garde-malade, dit sœur Hélène, en regardant du côté où le soleil allait bientôt disparaître.

Et, comme la fillette ne répondait pas, elle ajouta d'une voix qu'elle voulait rendre très gaie : « Et dans quelques jours, c'est vous qui viendrez me voir, je me réjouis de vous montrer ma demeure, vous verrez comme elle est jolie ; et pourtant elle était loin d'être belle, à notre arrivée, et le jardin non plus, qui maintenant est un vrai paradis.

— Est-ce qu'il n'y a pas de carreaux de légumes ?

Sœur Hélène se mit à rire.

— Non, pas un seul, il n'y a que des fleurs, des arbres, du gazon, et tout est bien soigné, sans être trop correct. Pour qu'un jardin me plaise, reprit-elle, il faut qu'on ait envie de s'installer partout à la fois, et c'est toujours le cas chez mon frère, n'importe où il demeure.

— Où demeurait-il avant de venir ici ?

— À Oldenbourg, dans une petite ville au nord de l'Allemagne.

— Était-ce joli, aussi joli que chez nous ?

— Aussi joli ! Mais on ne peut rien voir de comparable à ceci, répondit sœur Hélène, en montrant de la main le lac tranquille, qui étincelait aux rayons du soleil, et les montagnes rosées qui se penchaient coquettement sur lui, comme pour jouir elles aussi du spectacle de leur beauté.

On ne peut rien voir de pareil nulle part, murmura-t-elle, avec un soupir si profond que Petite Nell releva la tête et la regarda, d'un air inquiet.

— Sœur Hélène, regrettez-vous d'être venue ?

— Non, ma chérie, d'ailleurs il le fallait.

Et comme la fillette continuait à la regarder sans rien dire, elle sourit.

— Vous aimeriez savoir ce qui nous a amenés chez vous, dit-elle, et bien, c'est très simple, c'est votre climat, et comme mon frère ne voulait pas rester seul ou plutôt ne voulait pas que je vinsse seule, nous sommes venus ensemble, voilà tout.

— Oh ! comme vous êtes heureuse ; moi, je n'ai pas la permission de demeurer avec Louis, je dois encore attendre plusieurs années ; mais alors nous ne nous quitterons plus. Oh ! que je me réjouis qu'il vienne, vous verrez, sœur Hélène, comme il est beau, et gai, et amusant ; tout le monde l'aime, tante Olympe l'aime beaucoup plus que moi, mais ce n'est pas étonnant ; il est si gentil, il est gentil avec chacun, je ne serais même pas surprise qu'il réussisse à se faire aimer d'oncle Nestor.

— Vous dites cela comme si c'était la chose la plus difficile du monde.

— En tous les cas, impossible pour moi, j'en ai une telle frayeur que je ferais volontiers une heure de marche pour éviter de passer près de lui.

Sœur Hélène sourit.

— Mais, vous savez, Petite Nell, que vos frayeurs ne sont pas toujours fondées, rappelez-vous…

— Oh ! c'est très différent, je sens qu'oncle Nestor me déteste.

— J'espère que vous vous trompez, pourtant je comprends qu'il vous fasse un peu peur, moi-même…

— Écoutez, interrompit Petite Nell, en lui posant vivement la main sur le bras et en tendant l'oreille, non, je ne me trompe pas, c'est lui… Elle s'élança hors du pavillon.

— Louis ! Louis…

Un cri joyeux lui répondit, et avant qu'elle fût revenue de sa surprise, elle était dans les bras de son frère, tendrement, étroitement pressée sur son cœur.

— Oh ! Petite Nell, chère Petite Nell, comme tu as encore l'air malade !

— Malade ! mais je ne le suis plus, plus du tout, oh ! Louis, quel bonheur !

Et elle se suspendait à son cou, sa petite mine pâle levée vers sa belle figure, comme si elle ne pouvait se rassasier de sa vue.

— Mais, es-tu vraiment guérie ? murmura-t-il enfin les yeux pleins de larmes.

— Oui, oui, tout à fait.

En disant ces mots elle écarta le rideau de vigne vierge pour le laisser passer.

— Louis, voici Mlle Steinwardt, c'est elle qui m'a soignée, tu sais.

Le jeune homme s'inclina très bas et prit, un peu intimidé, la main que lui tendait sœur Hélène qui s'était levée et se disposait à partir.

— Oh ! non, pas encore, murmura Petite Nell, en l'obligeant à se rasseoir.

— Sais-tu, reprit Louis, après quelques secondes employées à raffermir sa voix, sais-tu, Petite Nell, que tu as tellement grandi, qu'au premier moment je ne pouvais croire que ce fût toi…

Nell se redressa d'un air glorieux.

— Ah ! à présent, dit-elle, tu ne pourras plus me menacer de me montrer pour ma petite taille.

— Non, mais si tu continues on te montrera pour ta longueur. Maintenant, raconte-moi un peu quelle vie on mène ici, est-ce terriblement ennuyeux, as-tu beaucoup de peine à t'y faire ?

— Je ne sais pas encore, jusqu'à présent je n'ai rien fait.

— Pourquoi ne m'as-tu jamais parlé de ta santé dans tes lettres ?

— Parce que je ne me sentais pas malade, seulement un peu drôle, et puis j'avais tant d'autres choses à te dire qui m'intéressaient bien plus ; mais toi, tu ne m'écrivais rien, ni peu, ni beaucoup, et j'avais une si grande envie de savoir ce que tu faisais, si tu étais content de ta chambre, de ta pension, et si les soirées te semblaient bien longues, depuis… depuis que…

— Pauvre petite sœur, pardonne-moi, tu comprends, j'avais tant à faire et puis le courage me manquait, mais à présent, je vais tout te raconter. Et pendant qu'il lui donnait les détails qu'elle était si désireuse de connaître, sœur Hélène ne pouvait s'empêcher de temps à autre de relever la tête de dessus son livre pour contempler le joli groupe qu'elle avait sous les yeux.

Elle avait dit vrai, Petite Nell, il était difficile de rien voir de plus charmant que la figure de son frère.

Assis tout près l'un de l'autre, se parlant à mi-voix, leurs deux têtes rapprochées, l'air parfaitement heureux, ils faisaient pourtant le plus absolu contraste ; elle, si blanche, si menue, si délicate ; lui, si grand et si rayonnant de jeunesse et de force.

Et pourtant, il y avait sur la figure de Petite Nell, sur sa bouche aux lignes douloureuses et dans ses yeux d'un bleu foncé, une énergie, une volonté, que l'on aurait vainement cherchée sur les jolis traits, dans les yeux étincelants et sur les lèvres souriantes du bel étudiant.

Le regard de sœur Hélène allait de l'un à l'autre des deux enfants, partagée entre l'admiration, la crainte et la pitié. Enfin, elle se leva pour prendre congé, et, sans adieu, avec son meilleur sourire, elle embrassa Petite Nell et lui dit gaiement au revoir, puis, pendant que Louis continuait à l'amuser par son babil et ses récits, elle s'achemina du côté de sa demeure.

Lentement, la tête un peu inclinée, comme quelqu'un de fatigué, elle traversa le village, puis, elle prit à sa droite un petit chemin bordé d'une haie qui ne tarda pas à l'amener chez elle. Mais, contre son habitude, elle oublia tout à fait d'admirer son paradis et passa, sans les voir, entre les buissons de roses, de clématites et de jasmin qui entrelaçaient leurs branches au-dessus de sa tête et embaumaient l'air sur son passage.

Elle gravit, sans regarder autour d'elle, les degrés du perron de la jolie villa, poussa la porte et se trouva dans une grande pièce toute meublée de vieux chêne.

— Enfin ! c'est toi, je n'y comptais plus.

Et une main se tendit vers elle de derrière une longue table à écrire. Et, si Petite Nell eût pu voir son docteur en ce moment, elle l'eût à peine reconnu, tant il y avait de douceur dans son regard et dans sa voix, même le pli soucieux de son front s'était presque effacé.

— Mais, dit sa sœur, en s'asseyant sur le fauteuil réservé aux patients, je t'avais promis de revenir aujourd'hui.

— Oui, mais ton tyran ne m'avait rien promis du tout.

— Oh ! Charles, comme c'est méchant de l'appeler ainsi.

— Trouves-tu ?... alors je retire ce que j'ai dit, d'autant plus qu'elle t'a enfin permis de partir.

— Elle est si peu tyrannique, reprit sœur Hélène, d'une voix un peu fatiguée, qu'elle n'a pas même cherché à me retenir ; mais, mon départ a été facilité par l'arrivée de son frère.

— Ah ! vraiment ; quelle espèce d'homme est-ce ?

— De la plus belle espèce, tu verras, mais un peu trop féminin pour mon goût, et bien qu'il soit beaucoup plus beau, je préfère la figure de Petite Nell.

Le docteur sourit.

— Ah ! voilà que tu te moques de moi.

— Pas du tout, seulement tu m'amuses ; ainsi, il n'a pas su trouver le chemin de ton cœur ?

— Mais, je n'ai fait que l'entrevoir, comment veux-tu ?...

— Et sa sœur, tu ne l'avais pas encore vue que déjà tu te tourmentais à son sujet.

— Parce que tu m'avais dit qu'elle avait l'air si malheureux.

— Maintenant, elle ne l'est plus, j'espère, et c'est grâce à moi, qui me suis sacrifié pour elle, quoiqu'elle n'ait nullement l'air de s'en douter.

— Oh ! si, mais elle est trop timide pour te le dire, et puis...

— Et puis, nous allons avoir la migraine, et c'est grâce à elle, tu as déjà mis trois fois la main sur ta tempe droite.

— Oh ! j'espère que non, je n'ai qu'un peu mal à la tête, cela passera.

Et elle appuya de nouveau la main sur sa tempe.

Le docteur la regarda d'un air de tendre commisération.

— Tu dis cela chaque fois, et tu sais pourtant que plus tu attends de te résigner, plus tu es malade, aussi je te conseille d'aller te mettre au lit, et c'est moi qui passerai la soirée vers toi.

— Non, merci ; enfin, je verrai, mais je veux d'abord aller vers Grittli.

Elle se leva pour quitter la chambre.

— Bonsoir Grittli, fit-elle, aussi joyeusement qu'elle put, en entrant dans une cuisine minuscule, où chaque ustensile brillait comme autant de soleils. À l'ouïe de sa voix, une vieille femme, passablement bossue, occupée à éplucher des haricots près d'une fenêtre ouverte, releva la tête et, jetant brusquement de côté sa corbeille de légumes, courut à la nouvelle venue et lui prit les deux mains.

— Ah ! enfin, s'écria-t-elle, pendant qu'un sourire illuminait toute sa vieille figure de parchemin, enfin !... Je croyais pour sûr que vous ne reviendriez plus, mademoiselle Hélène ; je voulais m'en aller, oh ! j'étais bien décidée, car, voyez-vous, je ne peux pas vivre seule dans cette maison où il vient un tas de gens qui ne me parlent que cette affreuse langue, que je ne comprends pas.

Mlle Steinwardt sourit.

— Vous devriez essayer de la comprendre, Grittli, peut-être que vous la trouveriez moins laide.

— Non, non, jamais, cria la vieille, je suis fidèle, moi ; mais vous ne vous en irez plus, n'est-ce pas ?

— En tout cas, pas de longtemps, soyez-en sûre.

— Bien, je vous crois.

En disant ces mots, elle abandonna les mains de sa maîtresse et retourna à ses haricots, pendant que celle-ci quittait la cuisine pour monter dans sa chambre, dont elle se hâta de pousser les volets, hermétiquement fermés.

C'était une jolie pièce, assez vaste, et qui servait, sans doute, à sa propriétaire, de petit salon, en même temps que de chambre à coucher, car le lit, placé tout au fond de la chambre, était masqué par une draperie d'un rouge sombre, de même couleur que l'ameublement.

Après être restée quelques secondes à la fenêtre, sœur Hélène était venue s'asseoir sur le divan, en face d'un joli bureau, couvert de livres et de photographies.

Mais, en ce moment, elle ne songeait pas à rien admirer autour d'elle, elle avait appuyé sa tête endolorie contre un coussin et dénoué ses jolis cheveux bruns, auxquels se mêlaient déjà quelques fils d'argent.

— C'est inutile, Charles a raison, murmura-t-elle. Et lentement, comme si chaque mouvement lui coûtait un effort, elle se leva, se dirigea vers le fond de la pièce et repoussa les draperies des deux côtés de la paroi.

Un joli rayon de lumière pénétra alors jusqu'au petit lit blanc, au-dessus duquel était suspendu un portrait dont le cadre doré se mit à scintiller doucement sous cette dernière caresse du soleil couchant.

Sœur Hélène s'en approcha, contempla pendant quelques secondes celui qui la regardait avec un sourire si heureux, si vivant, qu'il semblait que les lèvres fussent prêtes à s'entr'ouvrir pour murmurer de douces paroles.

Mais, au lieu de répondre à ce beau sourire par un autre sourire, elle cacha tout à coup sa figure dans ses mains et s'agenouilla près de son lit.

CHAPITRE XI

Quelques jours s'étaient écoulés, et la maison de tante Olympe ne se reconnaissait plus ; du matin au soir, elle résonnait du bruit des pas de son neveu et des éclats joyeux de sa voix sonore. La gaîté de l'étudiant ne connaissait aucune contrainte, aucune borne, rien ne pouvait y mettre obstacle, ni les sourcils en broussaille d'oncle Nestor, ni l'agitation de sa tante, ni l'air inquiet de Petite Nell, qui se demandait comment cela finirait.

Et cela finit, comme il arrive souvent, tout autrement qu'on ne l'avait prévu. Le front d'oncle Nestor, d'abord tout hérissé de tempêtes, s'était peu à peu éclairci, sans qu'aucun orage eût éclaté ; ce qui, du reste, n'a rien de surprenant, car chacun sait que la foudre ne provient que du choc de deux nuages, et maître Nestor n'en rencontra point sur son chemin.

À toutes ses sorties, à toutes ses rebuffades, à toutes ses bordées contre les citadins, son neveu répondit avec tant de gaîté, de grâce et de bonhomie que force lui fut de se dérider et de rire lui aussi, tout comme les autres, de toutes les bêtises, de toutes les drôleries de cet étrange neveu qu'il n'avait pas réussi à intimider et qui ne semblait pas plus le craindre que le gros chat blanc qui dormait sur le fauteuil de tante Olympe.

Sans se l'avouer, oncle Nestor commençait à être flatté d'avoir pour parent ce joli garçon, qui le traitait toujours avec une parfaite courtoisie, exactement comme s'il eût porté l'habit noir, qui venait lui rendre visite aux champs et qui ne craignait pas de se montrer partout avec lui ni même de traverser le village à son bras. Aussi lui avait-il non seulement pardonné sa jolie figure et ses cheveux frisés, mais il était prêt à montrer les dents à quiconque n'aurait pas été de son avis.

Pendant ce temps, Petite Nell continuait à reprendre des forces et à redevenir elle-même, c'est-à-dire une fillette vive, impressionnable, au cœur affectueux et enthousiaste, dévoré du besoin d'aimer et de se faire aimer.

Elle avait, pour tout de bon, secoué cet étrange et douloureux état de torpeur dans lequel elle avait vécu si longtemps, et bien que la pensée de sa mère absente ne la quittât que rarement, elle savait pourtant être heureuse de nouveau, et la présence de son frère était, en ce moment, une source de joie intarissable. C'était si bon, après cette longue séparation, de l'avoir de nouveau auprès d'elle, de pouvoir l'entourer de sa tendresse, le choyer, le caresser et d'être choyée et caressée à son tour ; c'était si délicieux de l'écouter parler, de l'entendre chanter, de le voir aller et venir, avec cet entrain qui ne lui faisait jamais défaut.

Elle savait maintenant, Petite Nell, qu'il allait se remettre au travail avec un nouveau zèle et que l'échec qu'il venait de subir n'était dû qu'au chagrin et à la solitude, et elle avait été tout-à-fait consolée en apprenant que cet échec ne le retarderait en rien, puisqu'il pouvait refaire ses examens l'automne suivant.

Et durant deux longues matinées, il n'avait pas levé le nez de dessus ses cahiers ; après quoi, il avait déclaré qu'il lui était impossible d'étudier par le beau temps, que c'était plus fort que lui, et qu'il repasserait ses mathématiques le soir ou même la nuit, si besoin était.

En attendant, il voulait s'amuser, jouir de ses vacances, jouir de sa sœur, jouir de tout. Ainsi fut fait, et la vie ne fut plus qu'une fête sans mélange pour Louis, qui avait la précaution de ne regarder ni en avant ni en arrière, un peu moins brillante pour Petite Nell, que troublait souvent la pensée du départ, la crainte d'un nouvel échec, sans parler d'une autre déception qu'elle avait cachée tout au fond de son cœur. Son frère, loin de partager son enthousiasme pour son amie, lui avait gentiment mais nettement déclaré qu'il n'était venu que pour sa petite sœur, rien que pour elle, et qu'il n'entendait pas qu'on l'en privât. Et sœur Hélène, comme toutes les natures sensitives, avait bien vite découvert le peu de sympathie qu'elle inspirait et s'était tranquillement retirée ; plus tard, quand Petite Nell serait seule et aurait besoin de son amitié, elle lui reviendrait.

Et les semaines continuaient à s'envoler, et les vacances touchaient presque à leur fin, quand, un beau jour, l'insouciant garçon s'avisa qu'il était temps de suivre le conseil de sa sœur et de se remettre sérieusement à l'étude ; mais comme il ne voulait pas sacrifier une minute du jour, force lui fut de prendre sur ses nuits.

Aussi, dès que la veillée était finie, dès que les hommes s'étaient retirés et que tante Olympe leur avait souhaité le bonsoir, il montait dans la chambre de sa sœur et prenait ses cahiers.

Alors, comme du temps de leur mère, Petite Nell l'encourageait, le faisait réciter, bref, l'empêchait de s'endormir, et leur veille se prolongeait souvent jusque fort loin dans la nuit, mais qu'importait, l'essentiel était qu'il réussit ses examens.

— Ah ! soupirait parfois le pauvre garçon, comme ça irait mieux, si je t'avais toujours près de moi ; mais il ne faut pas pleurer, chérie, je sais que cela ne se peut pas, seulement c'est si assommant de travailler tout seul.

Voilà ce que c'est que de m'avoir gâté, ajoutait-il en riant, je ne peux plus me passer de toi ; par exemple, si tu savais la peine que j'ai à me lever, maintenant que tu n'es plus là pour m'obliger à sortir du lit.

Et comme ce souvenir amenait un long bâillement de convoitise, Petite Nell se récriait :

— Oh ! es-tu déjà fatigué, moi je n'ai pas du tout sommeil, je suis beaucoup trop contente d'être avec toi.

Et l'on reprenait les cahiers et la veille se poursuivait encore un moment.

* * *

L'été avait pris fin, les vacances de Louis étaient passées.

Il était reparti, et la maison de tante Olympe avait repris sa figure de tous les jours. Oncle Nestor ne se déridait plus, le menton de la brave tante tremblait à chacune de ses paroles, et les yeux rouges, la figure pâle et désolée de Petite Nell n'étaient que trop éloquents ; Maxime seul était resté le même, et sa bonne humeur n'avait en rien souffert du départ de son cousin.

Il l'aimait pourtant bien, comme on aime un être inoffensif, mais un peu encombrant, un peu accaparant, sans parler de l'admiration de son père et de sa tante qui l'avait passablement agacé ; bref, son soulagement, puisque soulagement il y avait, se transforma en vraie joie lorsqu'un télégramme vint leur apprendre à tous l'heureux résultat des nouveaux examens.

Tante Olympe, qui n'en avait jamais douté, n'en fut que plus radieuse, oncle Nestor marmotta dans sa barbe quelques mots inintelligibles qui le firent sourire lui tout seul, et Maxime regarda Petite Nell comme s'il eût voulu dire quelque chose, mais il ne dit rien. Quant à elle, son bonheur était trop grand, trop profond pour se traduire en paroles. Louis avait reconquis toute sa confiance, toute son admiration, elle savait que dans deux ou trois ans au plus il aurait gagné son brevet d'ingénieur, et rien alors ne pourrait s'opposer à leur réunion. Mais, d'ici là, elle voulait suivre son exemple et se remettre à l'étude, elle aussi, pour pouvoir bientôt s'engager comme institutrice, car il leur faudrait sans doute beaucoup d'argent pour monter leur petit ménage, et peut-être que Louis en gagnerait très peu dans les commencements, elle n'avait donc pas de temps à perdre, il fallait mettre à profit tous les moments de loisir que lui laissait sa tante.

Et, pour commencer, elle venait de couvrir son plancher d'une montagne de cahiers et de livres dont elle allait faire la revue, quand sa porte s'ouvrit tout doucement.

— Sœur Hélène, oh ! quel bonheur !

D'un bond, elle fut sur ses pieds et dans les bras de la nouvelle venue.

— Si vous saviez comme je suis contente, je voulais aller vous le dire, dans un moment, Louis a fait de superbes examens.

— Et bien, si vous êtes contente de lui, dit la visiteuse en s'asseyant sur le fauteuil et en attirant la fillette sur ses genoux, je ne le suis pas autant de vous, vous avez une mine pitoyable, Petite Nell. Est-ce en étudiant ces livres et ces cahiers que vous vous êtes fatiguée ?

— Oh ! non, je viens en ce moment de les sortir de mon armoire, mais je suis très bien, je vous assure.

Et comme son amie continuait à la regarder d'un air inquiet, elle détourna la tête.

— C'est bien étrange, reprit sœur Hélène, vous aviez beaucoup meilleur visage il y a quelques semaines ; mais, dites-moi, qu'avez-vous l'intention de faire avec tous ces livres ?

— Je voudrais les repasser peu à peu, afin de pouvoir bientôt prendre un engagement comme institutrice ?

— Comme institutrice ? vous, Petite Nell, au monde pourquoi faire ?

— Pour gagner de l'argent.

— Mais, n'avez-vous pas ici, chez votre tante, tout ce dont vous avez besoin ?

— Oh ! oui, sans doute, mais vous comprenez, il nous faudra de l'argent, beaucoup d'argent plus tard, et nous n'en avons point ; d'ailleurs, tante Olympe me l'a dit, il faut que je gagne ma vie.

Sœur Hélène n'ajouta rien.

— Tante Olympe trouve aussi, que mon diplôme doit servir à quelque chose, ajouta la fillette.

— Vous avez un diplôme, mais quel âge avez-vous donc, Petite Nell ?

— Dix-sept ans.

— Ce n'est pas possible, je croyais quatorze ou quinze ans au plus.

— Pourtant à présent, je suis presque aussi grande que les jeunes filles de mon âge, répliqua la fillette se redressant.

Son amie sourit.

— Pas tout-à-fait, mais c'est égal, parlez-moi encore de vos projets, ma chérie, vous ne pensez pourtant pas partir maintenant.

— Oh ! non, je resterai ici probablement encore toute une année.

Il y eut un silence.

— Est-ce que cette perspective vous fait plaisir ? demanda enfin sœur Hélène.

Petite Nell releva la tête, puis, brusquement, cacha sa figure contre l'épaule de son amie.

— Ne pleurez, pas, chérie, il ne faut jamais se tourmenter longtemps à l'avance ; croyez-moi, le plus souvent nous avons versé des larmes inutiles, j'en ai fait l'expérience plusieurs fois.

Ce qui n'empêcha pas Mlle Steinwardt d'essuyer à la dérobée les larmes inutiles qui roulaient une à une sur ses joues.

— Je voudrais bien pouvoir vous aider, reprit-elle d'un air qui voulait être très joyeux, mais c'est impossible, il y a déjà longtemps que j'ai oublié la meilleure partie de ce que j'ai appris à l'école, pourtant si je pouvais vous être utile d'une manière ou d'une autre ?...

— Oh ! sœur Hélène, s'écria Petite Nell en rougissant d'émotion, si vous vouliez... si vous vouliez me permettre de jouer quelquefois sur votre piano ; vous savez, tante Olympe, non, oncle Nestor n'a pas voulu qu'on apportât le mien, et il me manque tellement, et j'ai si peur d'oublier tout ce que j'ai appris.

— Si je veux, mais cela va sans dire.

Et elle caressa doucement les joues maintenant toutes blanches de Petite Nell.

— Vous êtes bien sûre que cela ne vous ennuiera pas ?

— Au contraire.

— Et le docteur ?

— Le docteur n'en entendra que ce qu'il voudra. À présent, vous aller m'accompagner jusque chez moi, et pendant que vous mettrez votre chapeau, je descendrai la première pour dire bonjour à votre tante, que je n'ai pas vue en entrant.

Mais tante Olympe fut introuvable, et sœur Hélène allait sortir pour s'asseoir sur le banc devant la maison quand Maxime entra.

— J'attends votre cousine et je cherche votre tante, fit-elle, en lui tendant la main.

— Je crois que tante est au village, mademoiselle, quant à cousine Nellie...

— Oh ! je viens de la quitter, elle met son chapeau, je veux l'emmener chez moi, il faut absolument que mon frère la voie, elle a de nouveau l'air toute malade.

— Ce n'est pas surprenant, marmotta le brave garçon, quand on s'amuse à faire de la nuit le jour.

— Que voulez-vous dire ?

— Seulement ceci, que depuis plus de trois semaines elle a veillé toutes les nuits avec son frère pour l'empêcher de s'endormir sur ses livres.

— Mais pourquoi n'apprenait-il pas de jour ?

— Ah ! voilà, monsieur aimait mieux s'amuser et travailler la nuit en compagnie de sa sœur ; mais, ajouta-t-il plus bas, elle croit que personne n'en sait rien, c'est lui qui me l'a raconté, chemin faisant, le jour de son départ, comme une chose toute naturelle à laquelle il est habitué.

Mlle Steinwardt n'ajouta rien.

— Après ça, fit-il, il ne faut pas s'étonner si elle n'en peut plus et si elle a l'air fatigué, mais la voici qui descend l'escalier.

Et il se hâta de quitter la cuisine.

— Où est tante Olympe, demanda Petite Nell, en regardant autour d'elle, je croyais que vous lui parliez, sœur Hélène.

— Non, je n'ai vu que Maxime, qui sait que je vous emmène.

— Alors, partons.

Et elle s'élança gaiement hors de la maison, suivie de son amie qui, contre son habitude, resta silencieuse, écoutant d'un air distrait le gai bavardage de la fillette qui ne pouvait se lasser de lui parler de son bonheur, du beau succès de son frère qui n'était que le commencement de beaucoup d'autres succès, dont le dernier serait couronné par la réalisation de son plus cher désir.

— Eh bien, fit sœur Hélène, comme elle entrait dans son jardin, en attendant, et pour faciliter l'exécution de tous vos projets, vous allez essayer mon piano, pendant que je commanderai notre souper, et, quand vous serez fatiguée de jouer, vous viendrez nous rejoindre. En disant ces mots elle ouvrit la porte du salon et se dirigea vers la bibliothèque, où elle avait l'habitude de passer ses soirées en compagnie de son frère.

— Tu es déjà là, je ne te savais pas de retour.

— Je viens de rentrer, répondit le docteur, en relevant la tête de dessus un énorme bouquin d'aspect peu attrayant.

Sa sœur s'assit en face de lui, prit son ouvrage et quelques minutes s'écoulèrent dans le silence.

— Hélène.

Elle ne répondit pas.

— Hélène, répéta-t-il en élevant un peu la voix, sais-tu que je crains vraiment que tu ne perdes l'ouïe.

— Perdre l'ouïe, s'écria-t-elle d'un air effrayé, pourquoi ?

Il sourit.

— C'est que je t'ai déjà adressé trois fois la même question sans que tu me répondes.

— Oh ! pardon, j'écoutais le morceau que Petite Nell joue en ce moment, n'est-ce pas ravissant ?

Et comme il ne répondait pas :

— Tu ne me feras pourtant pas croire, ajouta-t-elle, que tu n'aimes plus la musique, toi qui en étais passionné autrefois.

— Oui, autrefois, quand j'avais le temps et quand j'étais jeune.

— Alors, si tu te dis vieux à trente ans, que suis-je, moi, qui en ai six de plus.

— Tu es encore un peu plus vieille, voilà tout ; ce qui n'empêche pas, ajouta-t-il, en reprenant son livre, que tu seras toujours la meilleure et la plus belle.

— Non, non, pas encore, s'écria-t-elle, en mettant sa main sur la page ouverte ; tu ne m'as pas dit quelle question tu m'avais faite.

— Parce que tu m'as déjà répondu : je te demandais qui jouait du piano.

— Ah ! tu écoutais ; il me semblait bien que tu ne pouvais être devenu aussi indifférent ; mais, ajouta-t-elle sans lui laisser le temps de reprendre sa lecture, devine quelle découverte j'ai faite cet après-midi.

— Impossible, avant que tu me le dises, bien que j'en sache pourtant une partie.

— Quoi donc ?

— C'est que cela concerne ta Petite Nell, n'est-elle pas au bout et au commencement de chacune de tes pensées ?

— Oh ! pas tout-à-fait.

— Eh bien, cette découverte ?

— T'es-tu jamais douté, fit-elle en baissant la voix, que Mme Daval fût dans une position précaire ?

— Non, qu'est-ce qui te le fait croire ?

— Petite Nell, elle-même, que j'ai trouvée cet après-midi occupée à revoir ses livres d'études, pour s'engager bientôt comme institutrice.

— Comme institutrice ! au monde pourquoi faire ?

— Tu répètes exactement ce que je lui ai dit.

— Et que t'a-t-elle répondu ?

— Tout simplement qu'elle devait gagner sa vie, et qu'il lui fallait mettre de l'argent de côté pour aider son frère au moment de son établissement.

— Et cela te fait de la peine, demanda le docteur, après quelques secondes de silence.

— Naturellement, un peu, répondit sa sœur, sans lever les yeux de dessus son ouvrage ; elle est encore si délicate, et si peu faite pour la vie qu'elle se propose ; pourtant, je ne l'ai pas découragée, je ne m'en sentais pas le droit, elle était si convaincue, si joyeusement décidée. Au reste, ajouta-t-elle, il n'est pas surprenant qu'elle soit pâle et ait plus mauvaise mine que d'habitude : imagine-toi, c'est Maxime qui me l'a raconté, voilà un mois qu'elle passe une partie de ses nuits à faire étudier son frère ; aussi monsieur vient-il de faire de brillants examens qu'il ne doit qu'à sa sœur ; que penses-tu de cela ?

— Ce que je pense ?

Il sourit, tout en tiraillant ses belles moustaches.

— C'est qu'il y a en ce monde et je suis de ce nombre, quelques hommes particulièrement privilégiés ; mais pour en revenir à Petite Nell, si elle ne veut que gagner de l'argent, il ne serait peut-être pas nécessaire qu'elle s'éloignât.

— Mais, à quoi penses-tu, personne au village n'a besoin d'une institutrice.

— Naturellement pas, mais je pensais à la place que le vieux Salomon va laisser vacante.

— Oh ! fit sœur Hélène, crois-tu ? Est-ce que cela se pourrait vraiment ? Car il ne suffit pas de savoir jouer du piano pour jouer de l'orgue.

— Non, mais c'est pourtant l'essentiel, le reste s'apprend bien vite.

— Et si la paroisse ne veut pas attendre.

— Bah ! elle sera enchantée de n'avoir pas à faire venir un organiste du dehors, ce qui lui reviendrait infiniment plus cher.

Sœur Hélène sourit.

— Ainsi, dit-elle, Petite Nell n'aurait pas besoin de s'en aller, du moins pas si vite ; oh ! je veux le lui dire.

Et, avant que son frère eût pu la retenir, elle avait quitté la chambre.

— Pauvre Hélène ! murmura-t-il en reprenant sa lecture.

CHAPITRE XII

Depuis le jour où Petite Nell avait fait part à sœur Hélène de ses projets d'avenir, deux ans avaient passé, et elle demeurait encore chez tante Olympe ; mais, bien qu'elle soupirât parfois en voyant combien était maigre la petite somme qu'elle avait réussi à épargner, elle ne parlait plus de s'en aller au loin faire fortune, elle ne voulait ni ne pouvait plus s'éloigner, car sa tante lui avait demandé, comme une faveur de ne pas la quitter, de rester auprès d'elle jusqu'au moment où elle irait rejoindre son frère, et Petite Nell n'avait pu refuser ; tante Olympe était encore si pâle, si défaite.

C'était au sortir de maladie, de cette maladie étrange, dont tout le monde avait d'abord tant ri, dont tous les journaux avaient annoncé l'arrivée, comme celle d'une fête d'un nouveau genre à laquelle on se réjouissait presque d'assister. Quand soudain, pour se venger sans doute de l'insouciance et de la bêtise humaine, la terrible visiteuse avait changé d'aspect.

L'on avait cessé de rire alors, mais il était trop tard : elle accourait, elle était là, pénétrant partout à la fois, chez le riche, chez le pauvre, terrassant le fort comme le faible, attaquant le savant aussi bien que l'ignorant, le vieillard comme l'enfant, se riant de tout, de l'âge, du sexe, du tempérament et surtout des portes closes et des précautions, ne se retirant qu'après avoir rendu visite à tous, qu'après s'être assise à tous les foyers, au château comme à la chaumière.

Et, dans la crainte sans doute qu'on ne l'oubliât trop vite, elle avait soin de laisser derrière elle tout un cortège de misères, de malaises et d'infirmités.

À R... c'était tante Olympe qui, la première, avait reçu cette visiteuse d'un nouveau genre, et elle était sortie de ses mains dans un état de faiblesse et de prostration à elle jusqu'alors inconnu.

Pourtant, on l'avait bien soignée ; Petite Nell et Maxime s'y étaient employés de tout leur cœur et s'étaient dédoublés pour suffire à tout, rien qu'à eux deux, car oncle Nestor et sœur Hélène étaient alités, eux aussi, avec les trois quarts de l'humanité.

Enfin, quand après des semaines de souffrance et de réclusion, tante Olympe avait retrouvé son ménage, ses chambres, ses armoires dans l'état où elle les avait laissés, chaque chose en place, son linge et ses deux hommes bien raccommodés, des larmes toutes chaudes étaient montées à ses yeux et elle s'était décidée à dire à Petite Nell qu'il lui en coûterait de la voir partir pour l'étranger.

— Vois-tu, ma fille, depuis cette drôle de maladie, je sens que j'ai perdu ma vigueur et je ne serais pas fâchée de te voir rester avec nous, au moins jusqu'à l'établissement de Louis ; à ce moment Maxime sera sûrement marié ou sur le point de l'être, car il y a longtemps qu'il a fait son choix ; il n'était pas plus haut qu'une botte, que déjà il trouvait Anna Davy tout-à-fait de son goût, et maintenant il est temps qu'il se déclare, il a vingt-quatre ans passés et elle aussi ; mais tu comprends bien, n'est-ce pas, que si je souhaite te voir rester avec nous, ce n'est point par intérêt mais parce que je t'ai réellement prise en amitié. Et il faut aussi que je te dise, continua la brave femme d'une voix de plus en plus émue, que je sens bien profondément tout ce que tu as fait pour moi, pendant cette maladie.

— Oh ! tante Olympe !

— Oui, ma fille, c'est vrai, tu ne t'es pas épargnée, je le sais, et Maxime ne cesse de me le répéter ; pas plus tard que ce matin, il m'a montré les pièces que tu as encore trouvé le temps de mettre à son veston et il a déclaré n'avoir jamais vu de si jolis points.

— Petite Nell se mit à rire.

— Mais, dit-elle, c'est lui qui a travaillé, si vous l'aviez vu, tante, il faisait presque tout l'ouvrage de la maison, même les repas, et jamais il ne m'a permis de passer une nuit tout entière auprès de vous.

— Oui, oui, je sais, c'est un bon enfant, qui aime à faire plaisir à tout le monde ; mais pour en revenir à ce que nous disions, Nellie, j'espère que tu te décideras à rester avec nous.

Et, comme la réponse se faisait attendre :

— Je comprends, ajouta-t-elle, qu'il t'en coûte un peu de ne pas utiliser ce diplôme pour lequel tu as tant travaillé.

— Oh ! ce n'est pas cela, tante Olympe.

— Mais vois-tu, ma fille, poursuivit la paysanne, c'est beaucoup mieux pour toi de n'être pas obligée de courir le monde pour gagner ta vie ; chez moi tu es à l'abri du souci, du danger, et puis tu me rends service, et c'est bien plus utile pour toi d'ap…

— Je resterai, tante.

— Bien, ma fille, je suis sûre que tu ne le regretteras pas.

Un peu plus tard, Petite Nell montait dans sa chambre, grimpait sur son tabouret et reléguait ses livres et ses cahiers sur la plus haute tablette de son armoire.

C'était décidé, elle l'avait promis, elle ne quitterait tante Olympe que pour rejoindre son frère. Et, avec un soupir moitié de regret, moitié de soulagement, elle avait sauté à terre, s'était approchée de la fenêtre et s'était mise à penser.

Ainsi, c'était pour rien, absolument pour rien qu'elle avait tant travaillé, tant veillé, tant étudié ; seules, les leçons de tante Olympe, dont elle avait fait, jusqu'alors si peu de cas, lui seraient de quelque utilité. Comme c'était étrange, comme c'était différent de ce qu'elle s'était imaginé ! Et le plus drôle, c'est qu'elle n'aurait su dire si elle était chagrinée ou contente, mais elle savait une chose, une chose qui rendrait supportable les occupations les moins de son goût : dans une année, une année et demie, au plus, son cher gentil frère serait tout à elle.

Et cette nouvelle année avait passé, une année toute semblable à la précédente, semée de joies beaucoup plus encore que de peines, où les visites toujours si amusantes de Louis étaient comme autant de points lumineux, où l'affection de sœur Hélène, qui ne connaissait aucune variation de température, lui était demeurée constamment fidèle, où la bonne humeur, la complaisance infatigable de Maxime ne lui avait jamais fait défaut.

Il n'y avait dans sa vie qu'un seul vrai nuage, qu'un seul point noir : les longs intervalles que son frère mettait entre ses lettres, et qui chaque fois la jetaient dans des inquiétudes que tante Olympe trouvait parfaitement déraisonnables, car enfin son neveu ne pouvait pas perdre tout son temps à écrire des lettres, et sa sœur, au lieu de se morfondre, aurait dû se réjouir ; s'il n'écrivait pas, c'est qu'il travaillait, qu'aurait-il pu faire d'autre ? Mais ce raisonnement auquel Petite Nell ne répondait rien, ne l'empêchait pas de se tourmenter. Enfin, heureusement pour elle et heureusement pour tous, un nouvel été s'approchait, les vacances étaient là, il ne pouvait plus tarder, il allait écrire pour annoncer son arrivée. Et, dans cette attente, elle ne tenait plus en place, chaque pas sur la route la faisait accourir, les yeux brillants d'espoir, les joues toutes roses, et puis elle rentrait un peu plus lente, un peu moins rose ; ce que voyant, le brave Maxime avait des démangeaisons de s'en aller secouer son cher cousin, pour lui rappeler qu'il avait une sœur qui attendait impatiemment de ses nouvelles.

— Ne pensez-vous pas tante, demanda-t-il, un soir qu'il veillait seul avec elle dans sa petite cuisine, que s'il le voulait, mon cousin pourrait écrire beaucoup plus souvent à sa sœur ?

— Qu'est-ce qui te fait faire cette réflexion, mon fils ?

— Elle m'a dit ce matin qu'elle ne comprenait plus rien à son silence, car elle est sûre que les vacances ont commencé.

— C'est sans doute qu'il veut nous surprendre, répondit tante Olympe, et nous arriver un de ces jours sans nous avoir prévenus, cela lui ressemblerait ; mais Nellie, depuis tantôt trois ans qu'elle est ici, devrait être habituée aux manières de faire de Louis et ne plus en prendre souci.

— Peut-être, mais quand je lui vois cette mine inquiète, il me prend des envies de le battre et de lui dire une bonne fois toute ma façon de penser.

— Eh bien, moi je te conseille de n'en rien faire, ils sont assez grands pour s'arranger entre eux, sans l'aide de personne, d'ailleurs ce ne sera plus si long, dans une année il aura son brevet.

— Et cousine Nellie, s'en ira-t-elle alors pour tout de bon ?

— Sans doute, mais j'espère bien que tu nous aideras à la remplacer.

— La remplacer, moi ? fit Maxime en levant sur sa tante deux bons yeux honnêtes et tout étonnés.

— Bien sûr, en me donnant une gentille nièce à sa place.

— Oh ! fit-il en rougissant, est-ce cela, tante ? Alors je serais bien embarrassé, car il y a des siècles que je n'ai adressé la parole à une fille du village.

— Et pourquoi ça, mon garçon ?

— Probablement parce que je n'avais rien à dire, mais je n'ai pas calculé la chose.

Il y eut un silence pendant lequel les aiguilles de tante Olympe se démenèrent furieusement.

— Autrefois, dit-elle enfin, tu marquais une grande préférence pour Anna Davy.

— Oui, autrefois, quand nous allions à l'école, mais à présent c'est passé, de son côté comme du mien.

Tante Olympe ne répondit pas d'abord, elle compta premièrement les mailles de son tricot, puis releva la tête et remonta ses lunettes sur son front.

— Quand on cesse de trouver une chose ou une personne de son goût, dit-elle enfin, en regardant son neveu bien en face, c'est généralement parce qu'une autre chose ou une autre personne nous plaît davantage.

— Eh bien, ce n'est pas le cas pour ce qui me concerne, répondit Maxime, il n'y a pas en ce moment dans tout le village une fille qui me plaise plus qu'une autre… Tiens, déjà neuf heures, ajouta-t-il en tirant sa montre, il faut que j'aille, mais ça me fâche de n'avoir pas de lettres à lui porter.

— Elle l'aura demain, fit tante Olympe un peu sèchement.

Maxime ne répondit pas.

— Je croyais, reprit-elle au bout d'une ou deux minutes de silence, que tu allais chez Mlle Steinwardt, mais tu n'as plus l'air de t'en souvenir, tu restes là à malmener ta moustache comme si elle en pouvait : à quoi penses-tu ?

— Je me demandais, je cherchais à m'expliquer quelque chose.

— À quel propos ? fit tante Olympe, en le voyant retomber dans sa rêverie.

— Je me demandais ce qui fait la différence entre une dame, une vraie, et une campagnarde.

— La différence, tu es encore simple, c'est que l'une habite la ville et l'autre la campagne, l'une a de belles toilettes et toutes sortes de colifichets que nous ne savons pas porter, parce que, Dieu merci, nous n'y sommes pas habituées.

Maxime sourit.

— Non, fit-il, ce n'est pas ça. Mademoiselle Steinwardt et cousine Nellie habitent aussi la campagne et sont encore plus simplement habillées que les filles d'ici, elles ne portent ni rubans ni dentelles ni rien de ce genre et pourtant elles ont toujours l'air de vraies dames où qu'elles soient et quoiqu'elles fassent, ça ne les quitte jamais. Voyez, par exemple, cousine Nellie balayer le plancher ou laver la vaisselle, jamais ses mains…

— Je crois, vraiment, que ses mains t'ont jeté un sort, interrompit tante Olympe, tu en as parlé dès le jour de son arrivée.

— C'est que je n'en avais jamais vu d'aussi mignonnes.

— Je conviens, reprit la paysanne, que Nellie n'est pas mal ; elle a même joliment gagné cette dernière année, pourtant il y a chez nous nombre de filles plus jolies, plus fraîches ; à mon avis, elle est encore trop fluette et trop pâle.

— Je crois, reprit Maxime, sans prendre garde à ces paroles, que la différence dont je parlais est plus à l'intérieur qu'à l'extérieur, elle se sent plus qu'elle ne se voit, c'est pourquoi c'est si difficile à définir.

— Et bien, tu as raison, tout-à-fait raison, s'écria tante Olympe, dont la figure un peu assombrie venait de s'éclairer, Nellie ne sera jamais une paysanne, elle est trop délicate, trop fine, sa place n'est pas parmi nous.

— Il faut que j'aille, fit Maxime, en se levant.

CHAPITRE XIII

— Cousine Nellie, cousine Nellie, j'ai quelque chose pour vous.

Et Maxime, la figure radieuse, tendait à Petite Nell la lettre si impatiemment attendue.

— Oh ! cousin Max, que vous êtes gentil ; mais vous n'êtes pas allé tout exprès à la poste, j'espère.

— J'avais à faire de ce côté et l'idée m'est venue, en passant, de voir s'il n'y aurait rien pour vous, et voilà ma récompense.

Mais Petite Nell n'avait pas attendu l'explication, elle était remontée quatre à quatre dans sa chambre et, sans se donner le temps de s'asseoir, avait déchiré l'enveloppe pour en dévorer plus vite le contenu.

— Tiens, c'est drôle, trois pages entières, lui qui n'écrit jamais que deux lignes.

Et elle se pencha sur la petite écriture illisible, qu'elle connaissait si bien, mais elle avait à peine commencé que ses jolis sourcils se rapprochèrent et, quand elle arriva à la dernière page, il n'y avait plus trace de joie sur sa mignonne figure. En cet instant, la porte s'ouvrit et tante Olympe entra.

— Mon Dieu, qu'y a-t-il, il est malade, dis, Nellie ?

— Non, tante Olympe, seulement... il m'écrit... il m'écrit qu'il ne passera pas ses vacances avec nous... on lui a offert une place... une famille très riche, qui voyage, et... et il a accepté.

Tante Olympe respira.

— Comme tu m'as fait peur, dit-elle en passant son mouchoir sur sa figure, tu avais une mine, une vraie mine d'enterrement, j'ai cru qu'il était déjà mort.

Petite Nell n'ajouta rien.

— Et bien, sais-tu, reprit la brave tante, après quelques secondes de réflexion, Louis est plus sage et plus raisonnable que toi, s'il a accepté cette place c'est sans doute qu'on le paie bien, et quoique cela me fasse beaucoup de peine, je trouve qu'il a sagement agi ; au lieu de rester ici trois mois à ne rien faire, il emploiera utilement son temps, il gagnera de l'argent et verra du pays.

— Est-ce tout ce qu'il t'écrit ?

Petite Nell ne répondit pas. Il lui semblait que son cœur allait éclater ; elle s'était tant réjouie, elle s'était promis tant de bonheur des mois qu'ils allaient de nouveau passer ensemble, elle avait si besoin de le revoir, de l'entourer, de le caresser et d'être regardée, entourée, caressée à son tour.

C'étaient ses dernières vacances, leurs dernières vacances, jamais plus elles ne reviendraient, jamais plus ils ne pourraient être ensemble aussi longtemps sans souci, sans arrière-pensée, car une fois établis ce serait la vie sérieuse, laborieuse, soucieuse peut-être qui commencerait, et dans cette prévision elle aurait voulu faire ample moisson de beaux souvenirs, dont il aurait été délicieux de parler ensemble plus tard.

Oh ! comment pouvait-il être si cruel et tante Olympe si dure !

Et comme elle restait là, immobile, sa petite figure toute blanche tristement penchée, sa tante reprit :

— Puisque tu ne veux pas me dire ce qu'il t'écrit, peut-être que tu me permets de lire sa lettre.

Petite Nell lui tendit silencieusement la feuille ouverte, prit son chapeau et quitta la chambre. Pauvre Nell, sa déception était si amère, si profonde, qu'elle n'avait pas encore pu verser une larme ; non, tante Olympe ne l'aimait pas, elle ne l'avait jamais aimée, sans cela elle aurait compris son chagrin ; mais il y avait du moins quelqu'un qui la comprendrait, qui sympathiserait avec elle, quelqu'un qui l'aimait et qui la consolerait. Elle savait que si sœur Hélène ne pouvait pas la préserver de toute peine, elle était du moins prête à les partager et cette pensée la faisait aller si vite, si vite, qu'elle eut bientôt atteint le joli jardin du docteur et gravi l'escalier qui conduisait à la chambre de son amie.

— Entrez, Petite Nell, cria la voix joyeuse de sœur Hélène, en entendant son pas s'arrêter derrière sa porte.

Petite Nell ouvrit, mais au lieu de répondre au bon sourire qui l'accueillait, elle éclata en sanglots.

— Oh ! sœur Hélène, il ne viendra pas, il ne peut pas venir.

Mlle Steinwardt s'était levée en pâlissant.

— Est-il malade, dites, ma chérie, comment, par qui l'avez-vous appris ?

— C'est lui qui m'écrit… pour me dire… qu'il a accepté une place de précepteur ; il voyagera tout l'été, il ira en Suède, en Norvège, en Finlande ; et moi qui l'attends depuis si longtemps, je ne le verrai pas ; et je m'étais tant réjouie, tant réjouie, ajouta-t-elle, en cachant sa figure contre l'épaule de son amie.

— Pauvre Petite Nell, cela me fait beaucoup, beaucoup de peine pour vous. Je comprends si bien votre chagrin, mais ma chérie, en y réfléchissant, il me semble pourtant qu'il n'a pas si mal agi, il emploiera utilement ses vacances, tandis qu'ici…

Petite Nell releva vivement la tête.

— Oh ! s'écria-t-elle avec indignation, vous parlez exactement comme tante Olympe, vous ne savez pas, non, vous ne me comprenez pas non plus… Et, dans son agitation, elle s'arracha des bras qui l'entouraient affectueusement et se mit à marcher à grands pas tout autour de la chambre.

— Non, répéta-t-elle, si vous me compreniez, vous ne parleriez pas ainsi ; n'avoir qu'un frère et en être toujours séparée ; et, quand après des mois et des mois d'attente, j'apprends que je ne le verrai pas, qu'il passera ses vacances loin de moi, l'on trouve déraisonnable que je sois triste, l'on trouve que je devrais me réjouir.

— Je n'ai pas dit cela, Petite Nell, vous n'êtes pas tout à fait juste.

— Mais c'est presque la même chose. Oh ! sœur Hélène, si vous étiez, comme moi, toujours séparée de ce que vous aimez le plus au monde, vous me comprendriez, vous me plaindriez, mais vous ne savez pas ce que c'est, vous...

Elle s'arrêta, son amie venait de se lever et la regardait d'un air étrange.

— Moi, murmura-t-elle, je ne sais pas ce que c'est, oh ! Petite Nell, comme vous vous trompez, comme vous êtes injuste et cruelle sans le vouloir. Et, pendant qu'elle parlait, sa belle figure s'était tout à fait décolorée.

— Pardonnez-moi, murmura la fillette en se rapprochant, je ne savais pas, sœur Hélène, pardonnez-moi.

Il y eut un silence, pendant lequel les deux amies paraissaient aussi bouleversées l'une que l'autre.

— Pardonnez-moi, répéta anxieusement Petite Nell ; mais sœur Hélène ne semblait pas l'entendre, elle s'était rassise et demeurait immobile, les yeux fermés, la tête appuyée sur sa main.

— Je voudrais vous dire quelque chose, murmura-t-elle enfin, mais je ne sais pas si j'en ai le courage, et pourtant je voudrais vous le dire, parce que cela vous aiderait peut-être à prendre patience ; et puis, ajouta-t-elle en cherchant à calmer son agitation, vous verriez que je sais aussi ce que c'est que la séparation. Oui, je vous le dirai, fit-elle en relevant résolument la tête.

Et, d'une main fébrile, elle détachait de son cou un médaillon retenu à une chaînette d'or, puis, sans le lâcher, elle le tendit à Petite Nell qui se pencha pour mieux voir.

— Je ne le verrai plus, murmura-t-elle, il est mort, Petite Nell, mort le jour même qui avait été fixé pour notre mariage... Chérie, si vous pleurez ainsi je ne pourrai rien vous raconter.

— C'est une histoire toute simple, reprit-elle au bout d'un instant, nous nous aimions et nous nous étions promis d'être fidèles en attendant de pouvoir nous unir, car sa mère était veuve et lui, l'aîné d'une nombreuse famille ; ce ne fut donc qu'après bien des années d'attente et de séparation que notre mariage pût être fixé. Ah ! j'ai oublié de vous dire qu'il était médecin dans une petite ville assez éloignée de la nôtre ; mais il allait revenir quand… quand au moment de partir il apprit… – elle hésita et passa à plusieurs reprises la main sur son front – qu'un de ses amis, interne à l'hôpital dans la même ville que lui, venait de tomber gravement malade en soignant des cas de diphtérie… naturellement il fit… la seule chose qu'il avait à faire, il alla au secours de son ami.

Elle se tut et pencha la tête sur le médaillon qu'elle avait gardé dans sa main.

— Petite Nell, nous ne nous sommes revus que pour nous dire adieu, mais… son ami était guéri, sauvé par lui, au péril de sa vie… Chérie, ne pleurez pas ainsi, reprit-elle, pendant que ses propres larmes roulaient une à une sur ses joues pâles, je ne vous ai pas raconté cela pour vous faire de la peine, mais pour vous aider à prendre patience ; songez donc, qu'est-ce qu'une séparation lorsqu'on a l'espoir de se retrouver bientôt ?

— Oh ! sœur Hélène, pardonnez-moi, répéta Petite Nell en sanglotant et en caressant les mains de son amie.

Il y eut une pause.

— Quelques mois plus tard, reprit sœur Hélène, je perdais mes parents à peu de distance l'un de l'autre, et nous restions seuls, mon frère et moi, pour nous aider, nous soutenir, nous consoler. Ah ! c'est alors que je compris, que je sus ce que valait mon frère ; si vous l'aviez vu, Petite Nell, se mettre à me soigner, à me choyer, comme personne ne l'avait encore fait ; il semblait n'avoir qu'une pensée, me faire la vie le plus douce possible, me rendre heureuse, s'il se pouvait encore.

Et je le suis, ajouta-t-elle, avec des yeux qui rayonnaient au travers de ses larmes, je le suis parce que je sais où est mon ami, je sais qu'il est près de son Sauveur, c'est lui qui me l'a dit, c'est vers Lui qu'il m'a donné rendez-vous, et c'est là que je vais.

CHAPITRE XIV

— Aurais-tu la bonté de me dire ce que tu regardes avec cet air benêt et ces yeux écarquillés. Voilà quatre grosses minutes que tu ne bouges non plus qu'une borne, y aurait-il quelque chose de changé à ce poteau de télégraphe ?

En adressant ces paroles à son fils, oncle Nestor allongeait le cou dans la direction du poteau. Pour toute réponse, Maxime reprit sa bêche et se remit au travail.

— Ce n'est pas une réponse, ça, reprit maître Nestor d'une voix orageuse, quand on a l'usage de la parole, il faut s'en servir.

— Je ne regardais rien, répondit Maxime.

— Rien ! alors tu rêvais tout éveillé ; tu ne me feras pourtant pas croire que l'on peut rester quatre minutes immobile, les yeux ouverts, le nez au vent, sans regarder ni penser à rien.

— Mes pensées sont à moi, murmura le jeune homme d'un air sombre.

— Tu as raison, mais si elles sont à toi, toi, tu es à moi, et je ne veux pas que mon fils se mette à rêver tout éveillé, avec des airs de chercher la lune en plein midi. Mais, je sais d'où ça vient ces airs-là, je vois clair, et tante Olympe aussi, elle m'en a déjà parlé, et nous avons remarqué tous les deux que, depuis quelque temps, tu vis dans les nuages, tu n'es plus à ton affaire et tu en oublies quasi de manger, mais nous en savons la raison.

— Alors, puisque vous la savez, pourquoi me la demandez-vous, répondit Maxime, en se détournant pour s'essuyer le front.

— Parbleu, reprit maître Nestor d'une voix un peu moins rêche, nous savons bien, ta tante et moi, que nous ne pourrons pas toujours te garder sur nos genoux, que tu es en âge de te marier, mais au lieu de te morfondre et de prendre des airs tantôt sinistres, tantôt béats, comme tout à l'heure, tu ferais mieux de parler et de nous dire pour qui tu en as.

Maxime garda le silence.

— Ah ! ça, j'espère que tu n'as pas fait un mauvais choix, reprit le père d'un air soupçonneux, sinon gare à toi.

— Vous n'avez rien à craindre, murmura le jeune homme.

— Alors, qu'est-ce qui t'empêche de parler ? Car il s'agit de te dépêcher, tu ne peux pas perdre tout ton temps à étudier les poteaux de télégraphe.

Mais Maxime s'était remis au travail comme s'il y allait de sa vie.

— Eh ! cria tout à coup maître Nestor, es-tu devenu sourd par dessus le marché, n'as-tu pas-entendu la cloche de midi ?

Le pauvre garçon releva la tête, planta sa bêche en terre et se dirigea lentement vers la petite guérite, où son père et le panier contenant leur repas, l'attendaient.

— Mais tu ne dis mot et tu manges encore moins, fit tout à coup le paysan, est-ce que ça va durer encore longtemps ?

— Il fait trop chaud pour avoir faim, répondit Maxime, l'air est lourd, nous aurons de l'orage et un fameux, ajouta-t-il, en inspectant le ciel.

— Trop chaud ? Et depuis quand un vigneron se plaint-il de la chaleur, est-ce que Monsieur deviendrait délicat, par hasard ?

Son fils fronça le sourcil, puis tous deux se levèrent pour aller s'étendre quelques pas plus loin, à l'ombre de la guérite ; mais il eut beau mettre son chapeau sur son visage et fermer les yeux, le sommeil ne voulut pas venir.

Brave Maxime, il ne se reconnaissait plus, sa sérénité habituelle l'avait tout à fait abandonné ; il se sentait inquiet, triste, agité, et il n'osait pas, non, il n'osait pas se demander pourquoi ; il avait même grand'peur d'y regarder de trop près et préférait entrevoir la vérité de loin comme au travers d'un brouillard ; mais aller droit à elle et lui dire : c'est ça, non, ce n'était pas possible ! rien que d'y songer la sueur lui perlait au front. Que dirait tante Olympe, que dirait son père. Plutôt que de le leur avouer, il aurait préféré, oh ! de beaucoup, se faire enterrer vif.

Et pourtant, cela ne pourrait toujours durer, cela aurait une fin, mais quelle fin ? Mon Dieu ! Comment avait-il pu en arriver-là, lui, Maxime, le raisonnable, le tranquille, le calme Maxime, lui, que tante Olympe et bien d'autres taxaient de froid, d'indifférent...

Oh ! s'ils pouvaient lire dans son cœur, s'ils pouvaient y voir ce qu'il y voyait, il en mourrait de confusion.

Et pourtant, qu'avait-il fait, après tout, que nous ne fassions tous à un moment donné de notre vie, au moment de choisir la fleur que nous préférons.

Il avait fait comme nous, Maxime, ni plus ni moins ; il avait choisi, voilà tout, et sans aller de l'une à l'autre, cherchant la plus belle ou la plus riche, il s'était contenté de celle qui poussait tout près de lui, à l'ombre du même toit, et, avant même qu'il s'en fût aperçu, cette petite fleur, toute blanche, toute menue, qu'il avait peur de blesser, rien qu'en la touchant, était entrée dans son cœur, et il ne voulait plus, il ne pouvait plus l'en arracher.

Oh ! comme il l'aimait, cette jolie fleur délicate, qui ne ressemblait en rien aux belles fleurs rouges et prospères que tante Olympe lui proposait, comme il l'aimait, comme il l'admirait, d'autant plus fort qu'il n'osait le dire à personne, à elle moins qu'à toute autre ! Et pourtant, il se sentait capable de tous les sacrifices pour obtenir un sourire, un regard d'approbation.

Oh ! comme il saurait être bon, doux, dévoué, oui, il saurait, quoique simple vigneron, être envers elle aussi délicat, aussi attentif qu'un grand seigneur envers sa châtelaine. Ne lui avait-elle pas souvent dit qu'il ne ressemblait en rien à ses amis, et il avait vu dans ses beaux yeux sincères qu'elle en était contente. Un roulement sourd, comme le son lointain du tonnerre, le tira tout à coup de sa rêverie, il souleva son chapeau et sauta sur ses pieds. Au-dessus de lui, le ciel était noir et menaçant.

D'un pas encore un peu alourdi, il se dirigea vers la place où son père travaillait déjà.

— Monsieur s'est-il reposé assez longtemps ? marmotta maître Nestor.

— Je ne croyais pas qu'il fût si tard, répondit Maxime.

— C'est toujours comme ça, quand on rêve ; maintenant, nous n'avons que le temps de nous sauver, voici la pluie, dans deux minutes nous serons trempés jusqu'aux os.

En disant ces mots, le paysan jeta ses outils sur son épaule et prit les devants du côté de la maison, pendant que son fils, un peu moins pressé, le suivait à quelques pas. Comme ils approchaient, ils virent Petite Nell et tante Olympe se diriger en courant du côté du jardin.

— Dépêche-toi, Maxime, cria la brave femme, tu nous aideras à dépendre la lessive, voici l'orage.

— Bien, tante, je viens à l'instant.

La minute d'après, il s'aidait à remplir, de beaux draps blancs, d'immenses corbeilles, qu'il portait ensuite dans la maison comme s'il se fût agi d'une brassée de foin.

CHAPITRE XIV

— Ah ! je suis contente, soupira tante Olympe quand la dernière corbeille fut rentrée, sans toi ma lessive était perdue, il ne reste plus qu'à enlever les cordeaux ; Nellie t'aidera, elle sait comment on s'y prend.

Maxime obéit, et se mit en devoir de détacher les cordes dont Petite Nell faisait à mesure des écheveaux bien réguliers.

— Entendez-vous ? fit-il en s'arrêtant brusquement.

— Mais oui, qu'est-ce que c'est ? quel drôle de bruit !

— C'est la grêle, répondit Maxime, Dieu nous préserve !

Il n'avait pas achevé de parler qu'une lueur étrange, suivie d'un craquement formidable, déchira l'atmosphère et la colonne de grêle s'abattit sur eux.

— Dans le pavillon, cria-t-il, vite, vite.

Et, joignant l'action à la parole, il saisit sa cousine par le bras et l'entraîna au fond du jardin.

— Êtes-vous blessée ? Les grêlons sont énormes, je crois que je n'en ai jamais vu de pareils.

— Ce n'est rien, répondit Petite Nell, en frictionnant ses mains et une de ses joues un peu endolories ; mais c'est horrible, est-ce que cela va durer longtemps, cousin Max ?

— J'espère que non, avez-vous peur ? Vous êtes si pâle.

— Peur ? Non, mais encore étourdie ; pensez, je ne savais plus où était le pavillon, je n'y voyais plus, mais je n'ai pas même songé à avoir peur, probablement parce que vous étiez là.

Maxime sourit.

— Et pourtant, cousine Nellie, je ne pouvais vous préserver ni de la foudre ni de la grêle.

— C'est égal, ne savez-vous pas qu'il y a des personnes qui vous inspirent un tel sentiment de sécurité que, même au milieu des plus grands dangers, l'on est tout à fait tranquille, tandis qu'avec d'autres, au contraire, on se sent toujours inquiet, même sans raison.

Maxime ne répondit pas ; puisque sa présence rassurait Petite Nell, il n'en demandait pas davantage, la protéger, la porter au travers de tous les périls, voilà son rêve de bonheur.

Il s'était appuyé contre l'ouverture du pavillon, regardant, sans la voir, la campagne, soudainement blanchie comme au cœur de l'hiver.

— Cousin Max, on vous appelle, fit tout à coup Petite Nell, c'est la voix d'oncle Nestor ; je crois que nous pouvons aller maintenant, la grêle a presque cessé.

— Attendez, fit-il, j'irai vous chercher un parapluie.

— Oh ! cela ne vaut pas la peine.

Et elle s'élança en courant du côté de la maison pendant que son cousin, beaucoup moins pressé, s'en allait tout lentement à la rencontre de son père.

— Eh bien, fit celui-ci en le rejoignant, où étais-tu pendant l'orage, je t'ai cherché partout ?

— Dans le pavillon, où nous n'avons eu que le temps de nous réfugier pour ne pas être assommés.

— Qui, nous ?

— Cousine Nellie et moi.

— Je t'appelais, poursuivit maître Nestor, pour venir faire avec moi l'inspection des vignes et juger des dégâts, qui ne sont pas minces, j'en ai peur.

Et comme Maxime ne répondait pas, son père lui jeta un regard de dessous ses gros sourcils.

— Ça n'a pas l'air de beaucoup t'inquiéter, fit-il, à voir ta mine béate, on dirait qu'au lieu de grêle il vient de tomber des napoléons.

Il s'arrêta subitement, comme suffoqué, pétrifié par une idée qui venait de lui traverser la cervelle.

— Non, ça n'est pas possible, murmura-t-il, en enfonçant son chapeau sur ses yeux, on n'est pas fou à ce point.

CHAPITRE XV

Quelques jours, quelques semaines avaient passé, et oncle Nestor n'avait fait part à personne, pas même à sa belle-sœur, de l'idée incongrue, saugrenue, absurde, qui lui avait traversé l'esprit et qui, à tort ou à raison, s'y était si bien implantée qu'elle ne voulait plus en sortir.

CHAPITRE XV

Mais s'il ne parlait pas, il regardait d'autant mieux, et ce qu'il vit ou crut voir ne tendait pas à radoucir son humeur.

Il n'y avait plus à en douter, son bon, son brave, son honnête Maxime avait perdu le sens. Mais il était encore là, lui, maître Nestor, et il saurait bien le lui faire retrouver. En attendant, tout semblait conspirer contre lui, en faveur de son imbécile de fils, l'absence de son neveu, qui avait eu la stupide idée d'employer utilement ses vacances et de s'en aller apprendre la géographie de notre globe à la manière des fainéants, c'est-à-dire en voyageant ; et pour comble d'infortune, le docteur Steinwardt venait de conduire sa sœur à… peu importe le nom, pour y boire l'eau d'une source ferrugineuse.

Tout semblait fait, oui, fait exprès pour favoriser le nouveau penchant de son fils. Oh ! rien que d'y songer il en soulevait les épaules jusque par dessus la tête ; mais il n'y avait plus d'illusion possible, Maxime était amoureux, amoureux au point de ne pouvoir entendre le bruit des pas ou le son de la voix de cette petite fille pâle, qui n'avait pour toute figure que deux yeux tristes et deux sourcils noirs, sans que l'émotion le fît changer de couleur et lui coupât la parole.

Et lui, son père, devait contempler ce spectacle, non, ce désastre, les bras croisés, car il n'y avait pas autre chose à faire !

Pourtant, il n'aurait tenu qu'à lui de parler, de raisonner, de crier de sa voix tonnante : je ne veux pas !

Mais à quoi bon parler raison, à quoi bon contredire, à quoi bon défendre ? Ne savait-il pas, par expérience, qu'en cette matière la contradiction ne sert qu'à mettre le feu aux poudres ? Et puis, il connaissait monsieur son fils, il savait que s'il tenait de sa mère par le cœur, il tenait de lui par la tête, et quelle tête !…

Non, il n'y avait rien à faire ; mais une chose était sûre, certaine, c'est que jamais Maxime n'épouserait sa cousine, non, jamais ! Il aurait beau faire, beau dire, beau pleurer, ça ne se ferait pas. Et pourtant, il n'avait rien à redire contre elle, il devait même lui rendre cette justice, qu'elle avait beaucoup profité des leçons de sa tante et avait joliment appris à se rendre utile ; ne la voyait-il pas chaque jour mettre la main un peu à tout, ne portait-il pas lui-même les habits qu'elle avait rapiécés ? N'importe, elle ne serait jamais la femme de Maxime, pour la simple, pour la bonne, pour l'unique raison qu'elle n'était pas la femme qu'il lui voulait. Elle était sage, travailleuse, il est vrai, mais de là à faire une vraie ménagère, une femme de vigneron, il y avait loin. Non, non on ne prépare pas des repas d'ouvriers, on ne gouverne pas le bétail, on ne fait pas la lessive, en un mot, on ne tient pas les rênes d'une grosse maison de campagne avec des mains pareilles, des mains qu'il ne pouvait regarder sans rire, aussi petites, aussi faibles que celles d'un enfant de quatre ans ; non, non, jamais !

Et, dans cette conviction, il remplissait la jolie cuisine de tante Olympe de tourbillons de fumée, au milieu desquels il allait et venait sans trêve, ne s'arrêtant que pour prêter de temps à autre l'oreille du côté de la porte ouverte ; mais il n'entendait que le murmure un peu bas, un peu monotone de la grosse voix de son fils, auquel répondait la voix claire et fraîche de sa nièce.

— Toujours ensemble, maudit banc, maudite soirée, ça ne finira-t-il donc jamais ces causeries, ces rires et ces marmottages !

* * *

Mais c'est au moment où les choses semblent devoir durer toujours qu'elles prennent ordinairement fin.

Une lettre de Louis, annonçant qu'il venait passer une semaine chez sa tante, avant de reprendre ses études, vint couper court aux entretiens du soir et permettre à oncle Nestor de reprendre haleine.

Oh ! comme il avait encore embelli, le charmant étudiant ! Ce fut un cri unanime d'admiration, quand il fit son entrée dans la chambre de tante Olympe, vêtu d'un joli costume de voyage, culottes courtes et berret blanc. Mais lui-même ne semblait se douter de rien, il prit Petite Nell dans ses bras, la serra bien fort sur son cœur, embrassa tante Olympe à plusieurs reprises et secoua chaleureusement les mains d'oncle Nestor et de Maxime. Puis, sa petite sœur toujours près de lui, la tête tantôt sur son épaule, tantôt penchée en arrière pour mieux le voir, on l'écouta parler. C'est qu'il en avait à dire, après ces trois mois de voyage ; certes, il n'avait pas perdu son temps, il avait su voir et observer, et rien n'était sorti de sa mémoire.

Il avait vu la jolie Suède, ses grands lacs, sa belle et tranquille nature ; la Norvège, plus froide, plus fière, plus tourmentée ; et toujours plus au nord, des plaines de neige, des montagnes de glace, des hommes tout rabougris, vêtus de peau de rennes et courant comme des démons avec des patins de plusieurs mètres de longueur.

Quelles journées ! quelles soirées ! On pourrait dire : et quelles nuits ! tant ils avaient de peine à se séparer pour aller dormir et continuer en songes ce merveilleux voyage. Même oncle Nestor se réveilla une fois en sursaut, poursuivi par des hordes de petits Lapons qui le lapidaient de boules de neige.

Mais cette semaine, que Petite Nell avait espérée interminable, prit fin comme les autres, la dernière soirée arriva, passa, et l'on se dit adieu pour plusieurs mois ; et, comme il en avait l'habitude, Louis entra d'abord dans la chambre de sa sœur, avant de se retirer dans la sienne.

— Tu ne sais pas, chérie, fit-il, en se laissant tomber dans le petit fauteuil, comme c'est affreux pour moi de retourner à L...

— Mais, c'est le dernier semestre, répondit Petite Nell, le regard rayonnant.

Pour toute réponse, Louis poussa un énorme soupir.

— Je ne me doutais pas, dit-il enfin, de l'immense différence qui existe entre les pauvres et les riches, car enfin, si nous ne mendions pas, nous sommes pourtant des pauvres, à côté d'eux.

Représente-toi comme c'est délicieux de n'avoir jamais à se demander : « Puis-je ou ne puis-je pas m'accorder ceci ou cela ? » mais de n'avoir d'autre souci que d'employer son argent, non pas le plus utilement, mais le plus agréablement possible.

Petite Nell, assise sur le bord de son lit, releva la tête.

— Est-ce vraiment comme cela ?

— Oui, et plus encore, je ne m'étais pas douté qu'on pût être aussi riche ; mes élèves, – tu sais maintenant que ce n'étaient pas des bébés comme tu le croyais d'abord, puisque l'aîné était plus âgé que moi, – dépensaient généralement en une semaine, voyons, ce que je dépense peut-être en une année.

— Je crois que cela m'ennuierait d'être si riche, fit Petite Nell.

— Quelle bêtise, tu ne sais pas ce que tu dis.

— Au contraire, je le sais très bien, je trouverais désagréable de n'avoir plus rien à désirer.

— N'aie pas peur, ils n'en étaient pas là ; je n'ai, au contraire, jamais vu de garçons si mécontents, et j'ai assisté à des scènes terribles entre eux et leur père, à cause des dettes qu'ils avaient l'habitude de faire partout où nous nous arrêtions.

— Alors, s'écria Petite Nell en riant, je ne vois plus à quoi sert la fortune, si l'on est encore obligé de faire des dettes et d'être de mauvaise humeur par dessus le marché.

— Mais il n'est pas nécessaire qu'il en soit ainsi, et je sens très bien que, pour mon compte, je serais parfaitement heureux, si j'avais tout juste assez de fortune pour vivre, sans être obligé de me tuer de travail. Oh ! que de fois la langue m'a démangé de leur dire la vérité, quand je les voyais gaspiller leur argent, pour se faire mutuellement ensuite toutes sortes de reproches.

— Et pourquoi ne l'as-tu pas fait, puisque c'étaient tes élèves ?

— Ma chérie, si jamais tu fréquentes la société des grands de ce monde, tu sauras qu'on a le droit de dire la vérité qu'autant que le porte-monnaie est bien garni.

À ceux-là tout est permis, ils ont le droit de faire des remarques sur toutes choses, d'adresser des reproches à tout le monde, de dire leur opinion à tout venant, en un mot, de se mêler de tout ce qui ne les regarde pas, ils savent que personne n'osera rien objecter. Oh ! c'est facile d'être sincère, véridique, à ce taux-là, mais un pauvre diable d'instituteur, qui n'a pour toute rente que son salaire, n'a aussi que le droit de se taire. Si j'avais dit la vérité à mes élèves, ajouta-t-il, avec un rire nerveux, je me serais fait mettre à la porte sur l'heure.

— Je crois, fit Petite Nell, que j'aurais préféré cela.

— Tu te trompes, ma chérie, je suis sûre que tu aurais fait tout comme moi, quand on est payé, il faut savoir se taire.

Petite Nell fronça le sourcil.

— Je me demande, fit-elle, quel salaire pourrait m'empêcher de dire ce que je pense.

— Le mien était assez médiocre, et pourtant...

— Comment, s'écria-t-elle, mais j'ai cru... ne m'as-tu pas écrit que c'était le salaire qui te décidait à accepter cette place ?

— Non, jamais, tu te l'es imaginé ; je ne me suis décidé qu'à cause du voyage, c'est à peine si mon argent suffisait pour mes dépenses ; tu comprends, l'on exigeait que je fusse très bien mis ; et puis, il y avait chaque jour mille petits imprévus, bref, je reviens sans le sou, plus pauvre qu'au départ.

— Quelle horreur ! moi qui étais sûre que tu revenais presque riche !

— Riche ? ah ! bien oui.

Il se mit à rire.

— Mais, reprit-il, ça ne doit pas te faire faire une mine si longue, j'ai eu quand même beaucoup de plaisir.

— Alors, fit lentement Petite Nell, ça ne valait pas la peine de nous priver l'un de l'autre.

Louis n'ajouta rien et sa sœur resta quelques secondes immobile, la tête appuyée sur sa main.

— N'as-tu pas dit, fit-elle tout à coup, que tu n'avais plus d'argent ?

— Tiens, regarde plutôt.

Et il jeta sur la table un porte-monnaie, dont les deux côtés se pressaient l'un contre l'autre, comme pour se soutenir dans leur misère.

Petite Nell sauta de soit siège et se mit à marcher dans la chambre, les bras croisés, sa tête mignonne un peu rejetée en arrière.

— Et bien, oui, dit-elle, les yeux étincelants, oui, j'aime mieux être pauvre et gagner ma vie en travaillant que d'agir comme eux. Oh ! si l'argent vous rend égoïste à ce point, j'aime mieux n'en pas avoir.

— Mais tu ne sais pas...

— Oui, ils ont été des égoïstes, ils n'ont pensé qu'à eux et qu'à satisfaire leur vanité, ils voulaient que tu fusses mis aussi bien qu'eux et ils ne se sont pas inquiétés de savoir si le salaire qu'ils te donnaient était suffisant ou non, c'est indigne ; mais, ajouta-t-elle, en se radoucissant et se rapprochant de son frère, pour le caresser, cela ne fait rien, moi, je t'aiderai.

— Toi, fit-il, en relevant brusquement la tête, et comment feras-tu ?

— C'est bien simple, j'ai toujours mis de côté l'argent que je gagne comme organiste, je pensais que cela nous aiderait un jour, mais je peux très bien t'en donner une partie.

— Oh ! Petite Nell, quelle fille tu es, dit-il, en se levant pour l'embrasser, tu n'as pas ta pareille ; mais, sois tranquille, ça te reviendra, c'est moi qui bientôt remplirai ta bourse.

Un sourire glorieux, qui fit briller toutes ses jolies dents, fut la réponse de Petite Nell.

CHAPITRE XVI

— Sœur Olympe, pourriez-vous me dire où est mon fils ?

— Sans doute, c'est moi qui l'ai prié d'aller chercher Nellie, à qui Mlle Steinwardt a écrit qu'elle rentrait aujourd'hui, mais ils devraient être de retour.

Oncle Nestor fit quelques pas, s'approcha de la porte ouverte, lança une bouffée de fumée, et revint près de la table où tante Olympe tricotait.

— Savez-vous, belle-sœur, fit-il en s'arrêtant devant elle, les bras croisés, que je ne vous croyais pas si myope.

— Myope, répéta tante Olympe, en relevant ses lunettes sur son front, je voudrais, au contraire, avoir la vue un peu moins longue.

— Ça n'empêche pas que vous y voyez clair comme un chat nouveau-né. Envoyer Maxime à la rencontre de sa cousine !!

— Mais c'est toujours lui qui va la chercher, quand elle est chez son amie ou quand elle exerce... comment appelle-t-on ça, ce qu'elle joue le dimanche, avant le cantique ?

Au lieu de répondre, maître Nestor se pencha sur sa belle-sœur et la regarda dans le blanc des yeux :

— Est-ce que vous n'avez pas vu, est-ce que vous ne voyez pas que ce garçon en est amoureux, au point de ne plus savoir ni ce qu'il dit, ni ce qu'il fait ?

— Mon Dieu ! que me dites-vous là, beau-frère ?

— Je vous dis la simple vérité, mais je vous aurais crue plus fine, sœur Olympe.

— J'ai eu comme un peu de crainte de la chose, un certain soir, mais il y a déjà longtemps, et je croyais que tout était passé. Qu'allez-vous faire, Nestor ?

— D'abord, interroger Maxime, il y a assez longtemps que cela dure, après on verra.

En ce moment, un bruit de pas et de voix se fit entendre sur la route.

— Les voici, vous nous laisserez seuls, sœur Olympe.

— Nous rentrons un peu tard, n'est-ce pas, tante ? demanda Petite Nell d'un air inquiet, en la voyant déjà prête à se retirer ; mais, vous comprenez, nous avions tant de choses à nous raconter et nous n'en avons pas dit la moitié, continua-t-elle en la suivant hors de la cuisine.

Aussitôt qu'il fut seul avec son fils, maître Nestor se tourna brusquement vers lui.

— Il me semble, dit-il, d'une voix sourde, que tu prends bien du temps pour répondre à une simple question.

Maxime, qui s'était assis près de la table, se redressa de toute sa hauteur.

— Que voulez-vous dire, père ?

— Est-ce que vraiment tu aurais si mauvaise mémoire ? En ce cas, je veux bien te la rafraîchir : nous avons convenu, il y a quelques semaines, que tu me ferais bientôt part de ta décision quant à…

— Moi, je n'ai convenu de rien, interrompit Maxime.

— Comme je te l'ai déjà dit, reprit lentement le paysan, ça ne peut pas continuer ainsi, tu deviens maigre et laid à faire peur ; si tu as fait ton choix, dis-le moi, et je ferai ta demande.

Un frisson nerveux secoua le pauvre garçon, mais il ne desserra pas les dents.

— Crains-tu d'avoir fait un mauvais choix, un choix que je n'approuverais pas ?

— Je n'en sais rien, père.

Il y eut un long silence.

— Me suis-je trompé, reprit enfin oncle Nestor, d'une voix lente, claire et distincte, ou ai-je vu juste : n'est-ce pas à ta cousine Nellie, que tu penses ?

Maxime devint aussi blanc que son col de chemise.

— Vous ne vous êtes pas trompé, père.

— Alors, je te comprends, je veux dire que je comprends pourquoi tu hésites à parler.

Il y eut un nouveau silence.

— Est-ce que tu aurais l'intention de l'épouser ?

— Oui, père, si elle veut de moi.

— Ça, ça ne me regarde pas, répondit le vigneron, mais ce qui me regarde, c'est de te donner un conseil avant qu'il soit trop tard. Tu sais, continua-t-il, que lorsqu'on veut faire une emplette, on s'assure d'abord que la marchandise est bonne.

— Je ne comprends pas, père.

— Je veux dire que la marchandise est bien celle qui nous convient.

— Si c'est ainsi que vous nommez ma cousine Nellie, répondit froidement le jeune homme, je sais qu'elle est bien celle qui me convient, mais je ne suis pas sûr d'être, moi, celui qui lui convient.

— Ça, ce n'est pas ce qui m'inquiète, seulement je t'engage à bien ouvrir les yeux avant de faire le saut et à considérer toutes les conséquences…

— Je suis décidé, père, aucun sacrifice ne saurait me coûter trop, si je puis l'obtenir.

Oncle Nestor bondit.

— J'en étais sûr, cria-t-il, il n'y a pas chez toi ceci de raison. Eh bien, supposons qu'elle devienne ta femme : première conséquence, changer de religion, deuxième, l'exil, troisième…

— Changer de religion ! s'écria Maxime au comble de l'étonnement, pourquoi faire ? cousine Nellie n'est-elle pas de la même religion que moi ?

— Tiens, tu es plus bête que je ne pensais. Quand on a besoin d'un meuble utile et qu'on achète un meuble de luxe, il faut nécessairement se procurer les deux ; or, comme mademoiselle ta cousine ne saurait devenir ni une paysanne ni une vigneronne, il te faudra prendre une seconde femme, et, comme notre religion nous défend d'en avoir plus d'une, il faudra nécessairement te faire Mormon, et pour être Mormon, t'expatrier, est-ce clair ?

Malgré l'angoisse qui lui étreignait le cœur, Maxime ne put s'empêcher de sourire.

— Oh ! tu as beau rire, reprit maître Nestor, ce que je dis n'est que la vérité vraie, tu n'as qu'à ouvrir les yeux pour le voir, pour t'en convaincre ; ta cousine n'a pas pour deux liards de santé.

— Mais, père, elle n'est jamais malade, c'est sa peau si fine et si blanche qui vous fait croire...

— Bien, et tu la vois faisant la besogne, toute la besogne de tante Olympe, s'occupant du ménage, du bétail, du jardin, des ouvriers, de tout enfin, comme nos femmes ont l'habitude de faire ; plus de pianotage, plus d'orgue, et qui sait, des marmots par dessus le marché. Combien de temps penses-tu qu'elle y tiendra à ce jeu-là ?

— Mais il n'est pas nécessaire qu'une femme fasse tout elle-même, pourvu qu'elle dirige, qu'elle soit la tête, elle peut avoir des aides, des domestiques, et ce n'est pas moi qui les lui refuserai, puisque j'ai les moyens...

— Encore une fois, interrompit oncle Nestor, veux-tu être raisonnable et renoncer à cette folie, car je te le dis, c'est une folie, et c'est toi seul qui en pâtiras.

— Je ne peux pas, père.

— Bien, c'est entendu ; mais tu feras ta demande toi-même, je ne m'en mêle pas, je m'en lave les mains.

— Père, ai-je vraiment votre consentement ?

— Mon consentement ? Tu n'en as pas besoin, tu es majeur.

— Mais...

— C'est assez, tu m'as entendu, je n'ai plus rien à dire ; seulement, j'exige une chose : c'est que, avant de faire ta demande, tu réfléchisses encore pendant une semaine.

— Bien, père, je vous obéirai.

* * *

Et il avait obéi, c'est-à-dire qu'il avait attendu ; quant à la réflexion, il n'en avait que faire, puisqu'il était décidé. D'ailleurs, a-t-on jamais vu un amoureux réfléchir ou faire cas d'un avertissement ?

Et, maintenant, oncle Nestor, comme une semaine auparavant, se promenait de long en large dans la petite cuisine que tante Olympe avait eu la discrétion de déserter. Mais les minutes s'ajoutaient aux minutes et toujours point de Maxime ; le paysan avait beau arrêter sa promenade et prêter l'oreille, le pas lent, un peu lourd de son fils ne se faisait entendre nulle part.

— Ça lui ressemble, marmotta-t-il, je gage qu'il s'oublie déjà auprès d'elle.

Et cette pensée lui fit reprendre sa promenade au pas de course.

Enfin, à bout de patience, ce qui n'est pas beaucoup dire, il ouvrit brusquement la porte et regarda au dehors ; mais il eut beau plonger dans l'obscurité ses yeux perçants, il ne distingua rien, rien sur la route, rien dans le jardin, rien sur le banc devant la maison.

— Où peuvent-ils être allés ?

Et beaucoup plus furieux qu'inquiet, il quitta la cuisine, descendit les trois degrés de pierre, longea la maison et allait en tourner l'angle, quand il aperçut une grande silhouette, appuyée au mur. Il fit un saut en arrière.

— Est-ce toi, Maxime ; que diable fais-tu là ?

— Rien, père, répondit une voix sourde.

— Rien ? Quand je t'attends depuis une heure.

— Vous m'attendez ? Oh ! pardon, j'avais oublié.

— As-tu aussi oublié de parler à ta cousine ? fit aigrement le vigneron, en rebroussant chemin et se dirigeant vers la porte qu'il avait laissée ouverte.

Maxime le suivit et vint, sans mot dire, s'adosser à la muraille, en face de lui.

— Eh bien, fit maître Nestor, après avoir attendu quelques secondes, as-tu suivi mon conseil, as-tu réfléchi ?

— Oui, père.

— Et puis ?

Il y eut un silence, pendant lequel on n'entendit que le tic-tac régulier de la vieille pendule.

— Je n'épouserai pas cousine Nellie.

D'étonnement, oncle Nestor eut un soubresaut, et, pendant quelques secondes, il ne trouva rien à dire, il avait oublié de se préparer à un acte de soumission.

— Tu as donc reconnu, dit-il enfin, que j'avais raison, que c'était une folie ?

— Une folie, répéta Maxime en s'essuyant le front.

— Mais alors, mais que diable, si tu es arrivé à cette conclusion ; pourquoi es-tu aussi blême que ton mouchoir ?

Maxime se mordit la lèvre.

— Voyons, reprit son père, qu'est-ce que ça veut dire ? Si tu n'y renonces pas de ta propre volonté, parce que tu reconnais que c'est une sottise, fais ta demande et que tout soit fini ; également, comme je te l'ai déjà dit, c'est toi seul qui en supporteras les conséquences ; et si je t'ai parlé clair et net, l'autre jour, c'était pour te faire réfléchir, pour t'empêcher de faire le saut avant d'avoir bien pris tes mesures.

— Tout ce que vous me dites là, père, est parfaitement inutile, cousine Nellie ne veut pas de moi.

— Tu dis ? vociféra maître Nestor, à demi suffoqué.

— Que cousine Nellie m'aime comme un cousin et pas autrement.

Le paysan se rapprocha de son fils.

— Voyons, fit-il, complètement blême à son tour, pas de plaisanterie !

— Ai-je l'air de plaisanter, père ?

— Elle ne veut pas de toi, répéta-t-il lentement, comme si cette chose si simple en soi ne pouvait entrer dans son esprit... Et bien, on l'y obligera, cria-t-il, en donnant sur la table un coup de poing qui fit accourir tante Olympe.

— Mon Dieu, beau-frère, qu'est-ce qui vous arrive ?

— Il m'arrive..., il m'arrive..., bégaya-t-il, et, incapable dans sa rage d'en dire plus, il tira de sa pipe une énorme bouffée de fumée qu'il envoya dans toutes les directions.

— Qu'est-ce ? dis, Maxime, fit tante Olympe, d'un air de détresse.

— Je n'y comprends rien moi-même, répondit le pauvre garçon ; il y a quelques jours, le père ne voulait pas entendre parler de me voir épouser ma cousine, et aujourd'hui...

— Aujourd'hui, c'est la même chose, rugit oncle Nestor, mais ce n'est pas à elle à te refuser. A-t-on jamais vu une chose pareille, une fille sans le sou et qui se permet... qui se permet...

— Mais, elle est dans son droit, père.

— Dans son droit, dans quel droit ? dans le droit de se moquer de nous, après avoir mangé notre pain pendant trois ans, le droit d'attirer dans ses filets et d'ensorceler le plus honnête garçon du pays pour l'envoyer ensuite promener d'une chiquenaude ? Non, non, ça ne se passera pas ainsi, on saura l'obliger…

— Vous imaginez-vous peut-être, père, interrompit fièrement Maxime, que je voudrais…

— Ah ! toi aussi, ah ! tu te permets…

— Voyons, beau-frère, tâchez d'entendre raison, il y a une semaine vous ne vouliez de ce mariage à aucun prix.

— Eh bien, j'ai changé d'avis ; aujourd'hui, je le veux, et il se fera, hurla le paysan en s'élançant vers la porte qu'il repoussa de toutes ses forces derrière lui.

Maxime haussa légèrement les épaules.

— Pauvre garçon, fit tante Olympe, en regardant d'un air inquiet le visage altéré de son neveu, comme te voilà pâle !

— Tante, répondit-il, tâchez que le père n'ait pas l'occasion de s'entretenir avec cousine Nellie, il n'a pas le droit de lui adresser un seul mot de reproche ; vous entendez tante, elle ne mérite pas le moindre blâme, pas le moindre, c'est moi qui ai tout vu de travers, parce que… parce que je l'aime tant, ajouta-t-il, en se laissant tomber sur un tabouret près de la table et en cachant sa figure dans ses bras.

Tante Olympe ne dit rien, mais, tout doucement, elle se mit à passer la main dans l'épaisse chevelure de son neveu, pendant que des larmes coulaient sans interruption de ses joues flétries sur la tête qu'elle caressait.

CHAPITRE XVII

— Chérie, je ne comprends pas un mot de ce que vous me dites, seulement que votre oncle est fâché contre vous, mais je ne sais pas encore pourquoi.

Petite Nell leva sur son amie une figure désespérée.

— Oh ! sœur Hélène, il est fâché… il est fâché, parce que…

Ses pauvres joues devinrent brûlantes.

— Parce que cousin Max m'a dit... m'a demandé de l'épouser... mais, vous comprenez, je ne peux pas ; je l'aime bien, il est si bon. Oh ! cela me faisait tant de peine de lui faire du chagrin ; mais, je ne me doutais pas, je n'avais pas la moindre idée ;... je crois que si oncle Nestor m'avait demandé de l'épouser, je n'aurais pas été plus surprise.

Sœur Hélène sourit.

— Oh ! si vous saviez comme il est fâché, reprit Petite Nell, si fâché qu'il ne veut plus me revoir ; il m'a dit, non, il a crié de toutes ses forces, que lui ou moi devions quitter la maison ; et tante Olympe avait si peur qu'elle m'a fait signe de sortir. Oh ! si seulement je savais où aller, si Louis était prêt !...

— Ne vous inquiétez pas, chérie, nous allons arranger la chose, soyez-en sûre, tout ira bien.

Petite Nell secoua la tête.

— Non, non, jamais je n'aurai le courage de retourner à la maison, j'ai eu trop peur.

Il y eut un silence.

— Sœur Hélène !

Elle regardait son amie d'un air anxieux.

— Croyez-vous,... pensez-vous que je puisse trouver un engagement, d'ici à... très peu de jours ? Vous comprenez, ajouta-t-elle, pendant qu'un tremblement convulsif agitait ses lèvres, je ne peux pas, je n'ose pas rentrer.

— Mais, dit sœur Hélène, en l'entourant de ses bras, je ne veux pas non plus que vous retourniez vers lui, du moins pas avant que sa colère soit passée, et cela ne tardera pas, il en est toujours ainsi avec les natures très violentes.

— Mais j'aimerais mieux m'en aller, répéta Petite Nell ; dites, voulez-vous m'aider ? Que dois-je faire pour trouver un engagement, à qui dois-je m'adresser, et que dois-je dire ? Vous comprenez, il vaut mieux que je parte, non seulement à cause de moi, mais aussi pour cousin Max.

Pauvre Petite Nell, elle semblait si inquiète, si agitée, que son amie comprit qu'il était plus sage de ne pas la contrarier.

— Et bien, dit-elle, je crois que la première chose à faire est d'envoyer une annonce à quelques journaux ou de s'adresser à une agence de placement, et, quand vous aurez fait cela, vous attendrez tranquillement une réponse, près de moi.

— Est-ce que vous n'êtes pas contente de ma proposition ? ajouta-t-elle, comme Petite Nell gardait le silence.

— Oh ! si, seulement… seulement j'ai peur.

— Encore peur, mais c'est déraisonnable.

— Oh ! je ne pense pas à oncle Nestor, mais je crains de vous ennuyer, c'est-à-dire d'ennuyer le docteur, je sais que les messieurs n'aiment pas les changements.

— Mon frère aime tout ce que j'aime, interrompit sœur Hélène, et il est content de tout ce qui rend sa sœur contente, ajouta-t-elle, avec un sourire d'absolue confiance.

Petite Nell releva ses jolis sourcils d'un air de doute.

— Si vous vouliez m'aider à faire un brouillon, reprit-elle, car je ne sais pas du tout ce qu'il faut dire.

— Mais simplement ce que vous désirez et ce que vous pouvez enseigner ; et vous ajouterez que vous tenez à disposition un superbe diplôme. Et pendant que vous écrivez, j'irai dire à votre tante qu'elle ne doit pas s'inquiéter à votre sujet.

Tout en parlant, sœur Hélène avait mis son chapeau et s'apprêtait à sortir.

— Surtout, dit-elle, en se retournant comme elle ouvrait la porte, ne vous tourmentez pas, vous verrez que les choses s'arrangeront beaucoup mieux que vous ne croyez.

Petite Nell poussa un soupir et s'assit devant le bureau de son amie ; et quand, une grande heure plus tard, la porte se rouvrit de nouveau, elle était encore à la même place, très affairée, une vingtaine de pages, à demi barbouillées, étalées devant elle.

— Oh ! s'écria-t-elle, je ne peux pas, c'est beaucoup trop difficile, sœur Hélène.

— Voyons, montrez-moi ce que vous avez écrit. Mais ceci me paraît très bon, autant du moins que j'en puis juger.

— Est-ce vrai ? Alors, je vais le recopier ; mais avant, dites-moi vite qui vous avez vu ?

— Seulement votre tante.

— Est-elle bien ennuyée ?

— Ennuyée, non, mais très triste ; le pauvre Maxime lui fait pitié, elle ne comprend pas…

— Oh ! je sais, elle ne comprend pas que je ne veuille pas l'épouser, et elle dit que si je l'aimais vraiment je ne lui ferais pas ce chagrin ; et pourtant, je l'aime vraiment, je le sens, mais je ne peux pas. – Vous a-t-elle dit autre chose ? racontez-moi tout, tout.

— Et bien alors, commençons par le commencement. Elle a d'abord été très soulagée de ma proposition de vous garder, ensuite elle m'a entretenue longuement de Maxime, qui a l'air si malheureux et qui lui semble vieilli de dix ans, depuis hier ; elle pleurait de tout son cœur en m'en parlant.

Les yeux de Petite Nell se remplirent de larmes.

— Sœur Hélène, j'ai par moment d'affreux remords, quand je pense à lui, et pourtant, je vous assure, que je n'avais aucune idée…

— J'en suis sûre, ma chérie, mais c'est toujours triste de faire souffrir quelqu'un, même involontairement.

— Et vous ne trouvez pas que j'aurais dû dire oui ?

— Certainement pas.

Petite Nell poussa un soupir de soulagement.

— Vous a-t-elle parlé d'oncle Nestor ?

— À peine, parce qu'il rentrait au moment où elle entamait ce chapitre, et j'ai jugé plus prudent de m'esquiver.

— Croyez-vous,… pensez-vous que cousin Max sera bientôt consolé ?

— Je l'espère, pour lui et pour vous. À présent, vous allez vite copier votre brouillon, et quand ce sera fait…

— Je le porterai à la poste, dit Petite Nell.

Son amie se mit à rire.

— Ce n'est pas ce que je voulais dire, j'allais vous conseiller de vous tenir ensuite très tranquille, d'attendre patiemment les réponses et de ne pas vous tourmenter si celles-ci tardent ou ne sont pas favorables.

— Mais si elles ne sont pas favorables, que faire alors ?

— Vous tâcherez de vous consoler, en pensant que votre vieille amie est bien contente de vous garder près d'elle. Et, maintenant, je descends vers Gritli, je pense que vous serez prête en même temps que le souper.

Petite Nell se remit à l'œuvre et venait de cacheter sa dernière enveloppe quand la porte s'entr'ouvrit ?

— Venez vite, chérie, nous vous attendons.

— Oh ! sœur Hélène, lui avez-vous dit, est-il très contrarié ?

— Horriblement, vous allez voir.

La minute d'après, Petite Nell était assise à la table du docteur, en face de son amie, qui avait l'air parfaitement contente, et qui souriait comme quelqu'un qui est sûr que ce qui lui fait plaisir fait plaisir aux autres.

CHAPITRE XVIII

Ce qui enrichit l'un, appauvrit l'autre, dit-on ; et cette vérité se trouvait vraie, une fois de plus. Pendant que le pauvre Maxime essayait de porter courageusement son chagrin et sa solitude, Petite Nell, pour la première fois de sa vie, ou plutôt pour la première fois depuis la mort de sa mère, était vraiment heureuse, si heureuse qu'elle ne se reconnaissait pas. Mais peut-être que si elle eût vu Maxime, le brave, le joyeux Maxime, aller et venir comme auparavant, moins son bon sourire, moins son regard joyeux, l'air vieilli et malheureux, sa joie s'en fût soudainement allée, mais elle ne le voyait point et elle ne doutait pas qu'il ne fut déjà en bon chemin de consolation. Non, aucune arrière-pensée ne venait diminuer sa joie, sa joie de ne plus quitter sœur Hélène, pas un instant le jour durant et de n'en être séparée la nuit que par une porte entr'ouverte, sa joie de n'avoir plus à redouter les rebuffades et les sarcasmes d'oncle Nestor. Oh ! comme tout était différent, maintenant ; comme c'était délicieux de desservir la table du déjeuner, avec sa jolie porcelaine, délicieux d'épousseter les meubles, de brosser les miettes du plancher, de mettre en ordre la chambre du docteur, cette chambre qui lui inspirait encore une terreur secrète, mêlée de beaucoup de curiosité ; délicieux encore de faire entrer les malades dans la salle d'attente et d'aider parfois une maman à déshabiller son bébé ; délicieux de jardiner, de cultiver des fleurs, au lieu de salades ; délicieux de s'asseoir aux pieds de sœur Hélène et d'appuyer sa tête sur ses genoux, pendant que sa langue, comme un moulinet longtemps arrêté, se mettait en marche, avec une vélocité doublée par le repos.

Il ne fallut à Petite Nell que quelques jours de ce régime, pour transformer sa pâle petite figure en un visage absolument radieux, pour faire, de cette silencieuse petite fille, la petite fille la plus gaie et la plus communicative.

Sœur Hélène n'en revenait pas d'étonnement.

— Je crois que le bonheur m'est monté à la tête, disait Petite Nell en manière d'explication ; il m'est impossible de me taire, c'est plus fort que moi, mais c'est entièrement votre faute, c'est parce que je suis si heureuse, je me demande comment j'ai pu supporter l'autre vie.

— Oh ! Petite Nell, c'est de l'ingratitude.

— Non, je ne crois pas, j'aime beaucoup tante Olympe, et encore plus cousin Max, ils ont été si bons pour moi tous les deux, je ne l'oublierai jamais ; mais je ne peux pas oublier non plus comme c'était difficile d'abord de faire toutes ces choses auxquelles je n'étais pas habituée.

— Mais, chérie, ces mêmes choses, vous les faites avec moi.

— Oh ! c'est absolument différent ; avec vous, je pourrais faire n'importe quoi, parce que je vous aime, je ne peux pas vous dire combien !

Pour toute réponse, sœur Hélène caressa la petite tête qui s'appuyait sur ses genoux.

— J'aimerais bien savoir, reprit Petite Nell, après quelques secondes de silence, si cousin Max est tout à fait consolé, je désire tant qu'il épouse Anna Davy, elle est si gentille, et il l'aimait beaucoup autrefois, c'est tante Olympe qui me l'a dit. Je ne comprends vraiment pas pourquoi il s'est mis à m'aimer, mais cela passera très vite, n'est-ce pas ?

— Je l'espère.

Il y eut un nouveau silence.

— Sœur Hélène ?

— Eh bien, Petite Nell ?

— Croyez-vous que nous puissions déjà recevoir des réponses aujourd'hui ?

— Peut-être, le désirez-vous ?

— Le désirer ! Oh non, j'en ai une peur affreuse à présent, mais n'importe, même si je devais partir demain, sœur Hélène, je ne regretterais pas d'être venue chez vous ; et quand je serai bien loin, bien seule, bien triste, alors je penserai à ces beaux jours passés avec vous, et j'en remercierai Dieu de tout mon cœur. Oui, quoi qu'il m'arrive, jamais je ne l'oublierai.

Une larme toute chaude, tombée sur sa main, lui fit brusquement lever les yeux.

Sœur Hélène secoua impatiemment la tête, ce qui aida une seconde larme à rouler tout le long de sa joue.

— C'est ridicule, fit-elle.

Sans rien dire, Petite Nell remit sa tête à sa place, contre les genoux de son amie, et garda sa main dans la sienne.

Et la journée passa sans amener les réponses attendues avec si peu d'impatience ; et, quand enfin la poste apporta deux ou trois grandes enveloppes de couleur et de format peu attrayant, sœur Hélène déclara que les conditions étaient inacceptables et qu'il fallait attendre quelque chose de mieux, de beaucoup mieux. Et l'on attendit, et pendant ce temps l'automne dorait toute la montagne de l'autre côté du lac, la nature se mettait en fête, comme pour s'étourdir avant l'adieu final, la vigne vierge surtout, en vraie coquette qui veut absolument qu'on la pleure, déployait ses plus jolis atours, variant du rose le plus tendre au pourpre le plus foncé ; les chrysanthèmes levaient vers le ciel leurs panaches éblouissants, les roses se hâtaient de faire éclore leurs derniers boutons et, çà et là, quelques pâles violettes tout étiolées, se faisaient jour à travers le gazon, comme pour dire que si l'hiver était proche, le printemps lui succéderait.

Mais ces beaux jours, comme tout ce qui est beau, passèrent comme un rêve. De dorée qu'elle était, la montagne se fit toute grise ; les jolies feuilles de vigne vierge se détachèrent de leurs rameaux et vinrent mourir sur le sol, dans leurs élégantes robes rouges. Le ciel devint blafard, le lac prit une teinte plombée, l'air se fit plus âpre, plus pénétrant, le vent commença à souffler, l'hiver était là.

Mais pour la première fois de sa vie, Petite Nell n'en avait nul souci, elle avait chaud, chaud jusqu'au cœur. Tout ce qui l'entourait était si bon, si confortable, les portes et les fenêtres si bien closes qu'elle pouvait défier le froid le plus vif, le vent le plus glacial. Et quand, un beau matin, la terre eut caché sa mine boudeuse sous son éblouissante couverture d'hiver, elle déclara qu'il valait la peine de vivre pour voir cela. Et pourtant, l'hiver c'est la saison de la souffrance, pour tous, mais surtout pour celui dont le bûcher est vide, la garde-robe insuffisante, le garde-manger dépourvu. Sœur Hélène qui le savait, s'y préparait longtemps à l'avance, et sa charité ne consistait pas seulement à soulager le malheureux qui venait frapper à sa porte, mais aussi à chercher celui qui se cache ; et Petite Nell ne tarda pas à s'apercevoir qu'elle savait exactement où se tenait le pauvre, le nécessiteux, l'affligé. Et elle se demanda avec étonnement comment elle avait pu croire si longtemps qu'il suffisait pour être charitable de tendre un morceau de pain ou une pièce de monnaie au pauvre arrêté devant la porte ; mais visiter de ses propres yeux la demeure du misérable, s'asseoir au chevet du malade et pleurer avec celui qui pleure, non, l'idée ne lui en était jamais venue, et même, rien que d'y penser, elle sentait son cœur défaillir, elle avait peur, sans savoir pourquoi.

Ah ! c'est que ce n'est pas beau la misère, la maladie, la mort ; il faut, pour affronter cette vue, avoir au cœur beaucoup d'amour, de compassion, de charité.

C'est pourquoi, arrivée au seuil de la porte où elle avait, non sans peine, suivi son amie, Petite Nell recula et proposa d'attendre dehors, tout en se promenant. Sœur Hélène la regarda d'abord, un peu surprise, puis sourit.

— Venez chérie, dit-elle.

Et Petite Nell, honteuse de sa lâcheté, entra, marchant résolument sur ses pas.

Quand elle sortit, elle avait le cœur encore plus serré, mais, de ce jour, partout où sœur Hélène voulut porter ses pas, partout où elle avait quelque bien à faire, elle la suivit sans hésiter. Elle avait compris que ces terreurs qu'on aime à nommer « sensibilité », ne sont, après tout, que de l'égoïsme, la crainte de se faire mal.

Parfois, elles s'en revenaient silencieuses de leur tournée, les deux amies, le cœur tout plein du spectacle navrant de la souffrance ; parfois aussi, et le plus souvent, leurs langues allaient aussi vite que leurs pieds.

Et comme alors il faisait bon retrouver la maison, comme tout leur semblait propre, élégant, confortable ; comme c'était délicieux de se reposer et surtout comme c'était doux, ineffablement doux le sentiment d'avoir soulagé une peine, calmé une souffrance, rendu un peu de courage à un cœur défaillant, un peu de gaieté, un peu d'espoir à qui l'avait perdu.

Et, comme rien ne rend aussi joyeux que le sentiment d'avoir fait du bien, Petite Nell et son amie étaient la gaieté en personne, si bien que leurs causeries, parfois même leurs fous rires, attiraient momentanément l'attention du docteur, qui levait la tête de dessus son journal ou son livre et les regardait un instant, sans rien dire, d'un air un peu surpris, qui ne réussissait pourtant ni à les faire taire ni à les troubler ; après quoi, il reprenait sa lecture, mais sur sa figure grave il y avait alors comme un reflet de la gaieté qui lui faisait vis-à-vis.

Et c'était là tout le dérangement que lui causait Petite Nell, qui, il devait le reconnaître, était si peu gênante, prenait si peu de place, que c'est à peine s'il s'apercevait du changement ; mais ce qu'il voyait très bien, par contre, c'était l'air heureux de sa sœur. Comment, après cela, ne pas éprouver pour sa petite compagne ce simple sentiment d'amitié et de gratitude que nous avons pour les gens ou les choses qui ont réussi à faire un peu de bien, à ramener un sourire, un rayon de gaieté dans le cœur et sur le visage que nous aimons.

Une seule chose l'inquiétait, que ferait Hélène, quand cette petite figure aurait disparu de son horizon ?

Comment se passer du soleil, lorsqu'une fois on a senti sa chaleur, lorsqu'un de ses rayons s'est glissé dans notre vie et l'a momentanément illuminée, réchauffée, embellie ?

En attendant, Petite Nell s'habituait aussi sans trop de peine à cette grave et silencieuse figure, qui du reste n'avait d'yeux et d'oreilles que pour ses livres et pour ses malades, si bien qu'elle en oubliait presque sa présence, et que les rires et les causeries allaient leur train, et les caresses et les baisers exactement comme s'il eût été sourd et aveugle.

Et les semaines succédaient aux semaines, et il avait été convenu qu'elle ne parlerait plus de s'expatrier, qu'elle passerait l'hiver où elle était, un hiver qui ne finirait que lorsqu'elle s'en irait rejoindre son frère.

Mais si cette perspective était pour elle la réalisation de tous ses rêves, elle faisait un peu mal au cœur de sœur Hélène, qui se disait que bientôt elle devrait s'habituer à vivre de nouveau seule, à travailler seule, à se promener seule, comme elle le faisait avant l'arrivée de Petite Nell ; et pourtant, elle se trouvait heureuse alors, tout à fait heureuse, et elle le serait encore, elle le voulait ; le contraire serait de l'ingratitude.

Lorsqu'on n'a rien de doux en perspective, il faut se souvenir des douceurs que l'on a eues. Ainsi pensait sœur Hélène, qui était de cette catégorie de gens si rares qui savent trouver le bonheur dans leurs souvenirs, qui savent remercier de ce qu'ils ont eu, de ce qu'ils n'ont plus…

CHAPITRE XIX

Quoi qu'on en dise, la vie a du bon quelquefois, et, pour Petite Nell, elle était très bonne en ce moment, et elle s'en donnait d'être heureuse tant qu'elle pouvait ; la perspective même d'une séparation ne parvenait pas à troubler sa joie, c'était encore si loin, si vague.

En attendant, l'on faisait tout en commun, travail, visites, promenades, comme si l'on ne devait jamais se quitter ; et sœur Hélène se sentait dix ans de moins sur les épaules ; c'est qu'il est si bon, lorsqu'on l'a presque oublié, de rapprendre à rire, à faire des projets, à causer de mille riens, si bon de reprendre goût aux choses, aux occupations depuis longtemps délaissées ; c'est pourquoi elle se trouva, un beau soir, assise aux côtés de Petite Nell, déchiffrant, avec un peu de peine, la basse de quelque vieil air d'opéra.

— Ah ! c'est là que vous êtes, fit la voix de son frère, en entr'ouvrant la porte.

— Oui, tu vois ce que l'on fait de moi, répondit gaiement sa sœur ;

mais je te rejoins à l'instant.

Il n'ajouta rien, laissa la porte entr'ouverte et retourna à ses livres ; mais il eut beau faire, le vieil air d'opéra avait le dessus, et, tout en battant la mesure, il se mit à fredonner un bout d'accompagnement.

— Maintenant, dit sœur Hélène, comme elle frappait glorieusement son dernier accord, je vous laisse, Petite Nell, je retourne à la bibliothèque.

— Là, tu es toute gelée, dit son frère, en la voyant tendre ses mains vers la flamme de la cheminée, tu as eu froid, ce salon est toujours glacé.

— Non, au contraire, je crois qu'il y faisait trop chaud, car j'ai un peu mal à la tête.

— Alors, pourquoi jouer du piano ?

— Parce que Petite Nell me le demande depuis si longtemps.

— Ce n'est pas une raison ; mais, ajouta-t-il à demi-voix, demain elle aura sa récompense, elle sera garde-malade.

— Oh ! quelle méchante prophétie, j'espère bien la faire mentir.

Mais la prophétie eut raison, et Petite Nell passa toute la journée du lendemain près du lit de son amie, occupée à mettre des compresses sur son pauvre front endolori.

Vers le soir pourtant, comme il arrive généralement, le mal diminua d'intensité, et elle venait de s'installer sur son sofa quand le docteur entra.

— Eh bien, fit-il, qui avait raison, Hélène ?

— Toi, comme toujours.

— Oh ! c'est, trop dire, mais je vois que cela va mieux.

— Oui, grâce à ma garde-malade qui, dans l'obscurité la plus complète, sans faire plus de bruit qu'une souris, n'a cessé de changer mes compresses. N'est-ce pas, chérie ?

— À qui parles-tu ?

— À Petite Nell, n'est-elle pas là ?

— Elle a quitté la chambre quand je suis entré ; je suppose qu'elle avait besoin de se secouer un peu, après sa journée d'immobilité.

Petite Nell, en effet, était descendue au salon et, comme elle avait grande envie de jouer du piano, elle prit une énorme pile de cahiers et se mit à les feuilleter.

— Oh ! quels vieux airs, cela ne ressemble pas du tout à la musique d'aujourd'hui. Et voilà du Mendelssohn, quelle masse il y en a, on voit bien que c'est le compositeur favori de sœur Hélène ; et… mais ce sont des romances, c'est drôle, elle ne m'a jamais dit qu'elle eût chanté. Oh ! je me trompe, c'est pour ténor, je voudrais bien savoir qui les a chantées, lui, ou le docteur.

Et elle continua sa revue.

— Ah ! enfin, voilà de l'italien et du français ; il faut que j'essaie quelques-uns de ces accompagnements.

Elle fit son choix et se mit au piano, rien que pour quelques secondes ; mais déjà les minutes s'étaient transformées en une bonne demi-heure, quand la porte de la pièce voisine s'ouvrit sans bruit, et le docteur, comme s'il craignait de l'interrompre ou de la déranger, resta sur le seuil.

— Oh ! pardon, s'écria Petite Nell en l'apercevant, je vous croyais encore auprès de sœur Hélène.

Et, comme elle se levait pour rassembler sa musique, il s'avança jusqu'au piano et prit un des cahiers.

— Voulez-vous me permettre… non, ce n'est pas celui-ci, le voilà, c'est ce que vous jouiez quand je suis descendu, j'aimerais l'entendre encore, fit-il, sans paraître s'adresser directement à elle.

Petite Nell le regarda d'un air indécis, puis se remit au piano ; mais avant qu'elle fût arrivée aux dernières mesures, il avait déjà mis un nouveau cahier sous ses yeux.

— Encore ceci, voulez-vous ?

— Mais, ce n'est qu'un accompagnement, cela ne dira rien du tout sans paroles.

— C'est égal, essayez quand même, vous verrez comme cette mélodie est belle.

Petite Nell obéit, et le docteur, debout derrière elle, écoutait sans faire un mouvement ; sa figure grave semblait comme adoucie, rajeunie et, peu à peu, sans qu'il s'en doutât, il se mit à chantonner tout bas.

— Oh ! s'écria Petite Nell, en se retournant brusquement, si vous vouliez chanter.

— Chanter, fit-il, presque effrayé, non, non, je ne chante plus.

— Comme c'est dommage !

— Autrefois, reprit-il, mais pas depuis qu'Hélène a abandonné le piano ; d'ailleurs, je n'ai plus le temps.

— Comme c'est dommage, répéta Petite Nell, ce serait si beau !

Il parut indécis, comme partagé entre le désir et la crainte.

— Êtes-vous bien sûre, fit-il, que l'on n'entende pas le piano de la chambre d'Hélène ?

— Impossible, elle est à l'autre extrémité, et toutes les portes sont fermées.

— Alors… mais non, c'est une bêtise, je suis sûr que je ne peux plus.

Sans prendre garde à ses paroles, Petite Nell recommença à jouer, et bientôt la voix du docteur, un peu hésitante d'abord, puis de plus en plus grave et profonde, s'éleva à ses côtés.

— Comme c'est beau ! murmura-t-elle, quand il eut fini. Oh ! mais ce n'est pas tout, s'écria-t-elle, en le voyant s'éloigner.

— Je ne sais pas, j'ai peur qu'Hélène…

— Non, non, elle ne peut pas entendre, j'en suis sûre.

Il la regarda, sourit et tendit la main vers un nouveau cahier. Et les romances succédèrent aux romances, et les minutes s'ajoutèrent aux minutes, et Petite Nell et le docteur n'en prenaient nul souci.

Oh ! la drôle, l'étrange chose que la musique ! Elle peut avoir les effets les plus bizarres et les plus contraires, elle peut rendre muettes les personnes les plus causeuses, délier la langue des plus taciturnes, prêter aux plus fougueuses la douceur de l'agneau, éveiller des tempêtes chez les plus timides, faire enfin des plus sauvages des créatures absolument sociables et communicatives.

Quant à Petite Nell, elle était tout à coup devenue d'une loquacité et d'un sans-gêne extraordinaires, faisait des remarques, questionnait, suppliait, et lui, il oubliait de s'étonner, il répondait, cédait, souriait, en un mot, jouissait comme savent jouir ceux qui, depuis des années, sont privés de leur passe-temps favori.

— Maintenant, c'est tout, dit-il, en fermant résolument piano et cahier ; il est temps de retourner vers Hélène, elle ne doit rien comprendre à votre absence.

En disant ces mots, il ouvrit la porte de la bibliothèque et poussa une exclamation.

Petite Nell se retourna et demeura interdite de surprise, sœur Hélène était assise près de la table, le front appuyé dans ses deux mains.

Le docteur s'assit près d'elle.

— Nous t'avons fait de la peine, murmura-t-il, pardonne-moi ; je ne savais pas que tu fusses descendue, ce n'est pas oubli de ma part, je t'assure.

Elle releva la tête, et le regarda au travers de ses larmes.

— Je le sais, dit-elle, c'est moi qui ne suis pas raisonnable, mais il y avait si longtemps, si longtemps que je ne t'avais entendu chanter et cela m'a rappelé tant de choses, tant de souvenirs, de beaux souvenirs, ajouta-t-elle, en voyant ses sourcils se rapprocher péniblement.

— Pauvre chérie, je ne le ferai plus, je te le promets.

— Non, non, ne dis pas cela, je veux que tu chantes, au contraire ; il y a si longtemps que tu te prives de ce plaisir, et ce n'est pas juste… tu chanteras, n'est-ce pas, très souvent, comme autrefois, lorsqu'il était là pour t'accompagner ?

Et comme il secouait la tête :

— Oui, tu le feras, pour me faire plaisir.

— Singulier plaisir, murmura-t-il.

— Mais, je t'assure que cela m'a fait du bien, c'est si bon de se souvenir.

— Bon, fit-il étonné, même quand cela fait pleurer ?

— Oui, même quand cela fait pleurer. Ne penses-tu pas, ajouta-t-elle en souriant, que les souvenirs sont comme les plantes, si on ne les arrose pas de temps à autre, ils doivent finir par se dessécher et par mourir.

— Je ne sais pas, dit-il, mais ce dont je suis sûr, c'est que les tiens ne mourront jamais.

CHAPITRE XX

Pour me faire plaisir, avait dit sœur Hélène, et pour lui faire plaisir, rien que pour cela, son frère s'était remis à chanter. Quant aux bouquins, quant aux ouvrages, on n'avait plus même l'idée de les prendre avec soi, il fallait avant tout faire plaisir à sœur Hélène, et c'était très gaiement qu'on lui sacrifiait lecture et tricotage ; mais, chose étrange, ce plaisir qu'elle avait réclamé, c'était elle, qui, chaque soir, devait y mettre fin, devait dire : « c'est assez », car ils étaient infatigables dans leur désir de la satisfaire, si infatigables qu'elle eût pu croire, si elle eût été capable d'une aussi mauvaise pensée, qu'ils se faisaient plaisir à eux tout d'abord, tant ils y mettaient de zèle et d'entrain.

Où s'en allaient, pendant ce temps, les longs silences de M. le docteur et la sauvagerie de Petite Nell ? Ils auraient été bien embarrassés de le dire, et sœur Hélène, qui n'en croyait ni ses yeux ni ses oreilles, passait d'un étonnement dans un autre en les entendant non pas se quereller mais discuter, assez vivement parfois, sur les avantages et les désavantages de la musique ancienne et moderne, sur la manière d'interpréter ceci ou cela, sur la valeur de tel ou tel compositeur ; peu s'en fallait alors qu'elle ne se crût obligée de prendre parti pour l'un ou pour l'autre, mais pour lequel ? C'était là l'embarras ; elle laissait donc aller les choses et elle faisait bien, car s'ils ne parvenaient pas à se convaincre, tout dissentiment disparaissait dès que les doigts agiles de Petite Nell couraient sur le piano ou que la belle voix du docteur se faisait entendre.

C'est ainsi qu'une nouvelle joie était venue s'ajouter aux autres, et rendre encore meilleure la vie, déjà si bonne, que menait Petite Nell. C'est ainsi que pour le frère comme pour la sœur, dans leur vie un peu austère, un peu monotone, un rayon plein de charme était venu briller.

Et l'hiver suivait son cours, et Petite Nell n'aurait su dire ce qu'elle préférait, des heures du jour ou de la veillée.

* * *

— Sœur Hélène.

CHAPITRE XX

C'était par un froid après-midi du mois de mars.

— Sœur Hélène, la neige est dure comme de la pierre, et si nous prenions mon petit traîneau, pour porter les couvertures que nous avons préparées pour vos deux vieux, nous pourrions revenir dessus, cela ira comme l'éclair.

— Mais, chérie, à quoi pensez-vous, je suis beaucoup trop vieille pour me glisser sur un traîneau, j'aurais une peur affreuse.

— Peur ? pourquoi ? Vous mettrez vos pieds où je vous dirai et vous me laisserez guider. C'est cousin Max qui m'a appris, et je vous promets que vous serez aussi en sécurité que dans votre lit.

— J'en doute un peu, répondit sœur Hélène, qui ne pouvait pourtant pas se décider à assombrir par un refus cette petite mine toute illuminée, à la perspective d'une glissade.

— Êtes-vous inquiète ? pourquoi me regardez-vous si attentivement ?

— Inquiète ! pas du tout ; je me demandais si vous étiez réellement la pauvre petite fille que j'ai vue si malade dans le grand lit de tante Olympe.

— Oh ! pourquoi dites-vous cela, ai-je donc tellement changé ?

— Changé ! mais si je ne vous avais pas revue depuis lors, il me serait impossible de vous reconnaître.

— Je déteste cette pensée, fit Petite Nell ; moi, je sens que c'est moi, et vous devez le sentir aussi.

— Naturellement ; cette idée du reste ne me serait pas venue, c'est mon frère qui m'a fait remarquer ce matin combien vous aviez prospéré depuis votre arrivée.

Petite Nell fit une moue dédaigneuse.

— Ce qui veut dire que j'étais autrefois chétive, fluette, intéressante, et que, maintenant, je suis tout le contraire.

— Exactement. Maintenant, allez préparer votre traîneau, car si nous voulons être de retour avant la nuit, nous n'avons pas de temps à perdre.

Petite Nell s'échappa, mais pour revenir bientôt annoncer que tout était prêt.

Son amie, avait raison, il eût été difficile de reconnaître dans la jeune fille qui marchait à ses côtés la pauvre petite malade qu'elle avait soignée autrefois, tant le bonheur de vivre, la joie d'aimer, la foi en l'avenir, se lisaient clairement sur sa mignonne figure, dans son gai sourire et dans ses yeux bleus, qui brillaient maintenant comme deux jolies étoiles.

Quand elles eurent marché une demi-heure sans perdre de temps, c'est-à-dire sans cesser une seconde de rire et de causer, quand elles eurent consacré trois bons quarts d'heure à écouter, plaindre et encourager les deux vieux de sœur Hélène, Petite Nell put enfin tirer son traîneau au beau milieu de la route et s'asseoir dessus triomphalement.

— À présent, mettez-vous derrière moi.

Sœur Hélène obéit, mais sans beaucoup d'enthousiasme.

— Là, un peu plus en arrière, ne laissez-pas traîner vos pieds, mettez-les ici, sur cette traverse.

— Mais, Petite Nell, vous n'avez plus de place, remarqua son amie, qui ne cherchait qu'un prétexte pour échapper au plaisir promis ; il vaut mieux que vous alliez seule, je vous assure, je crois vraiment que j'aime tout autant marcher.

— Oh ! pas du tout, je suis très bien ; maintenant, mettez vos mains sur mes épaules ou autour de ma taille, là, nous partons.

— Pas trop vite, Petite Nell, je vous en prie.

— Aussi doucement que vous voudrez, si vous avez peur j'enraierai avec mes talons.

Sœur Hélène ne répondit pas. De sa vie elle ne s'était assise sur un petit traîneau, et se crut le jouet d'un rêve quand elle sentit tout à coup le fragile véhicule se mettre en mouvement, bien lentement d'abord, puis de plus en plus vite. Ses mains cramponnées aux épaules de Petite Nell, le souffle haletant, elle n'éprouvait pas une jouissance très vive ; mais peu à peu ses craintes se calmèrent, sa petite compagne guidait admirablement, la pente était douce et unie, elle commença à trouver presque agréable, puis délicieux ce moyen de locomotion tout nouveau pour elle.

— Vous n'avez plus peur ?

— Non, plus du tout, je regrette presque que cela aille si vite, nous serons bientôt arrivées.

— Si vous voulez, nous ferons comme ces gamins, nous remonterons la pente pour avoir le plaisir de la redescendre. Oh ! quel dommage ! nous y voici déjà, je vois la maison.

— Attention ! gare, plus à droite.

L'avertissement venait trop tard, un choc, un cri, un craquement et deux petits traîneaux, sœur Hélène, Petite Nell et trois ou quatre gamins gisaient pêle-mêle contre le mur, au bord de la route.

Se débrouiller, se reconnaître et se relever, en se frottait les coudes ou les genoux, fut pour la fillette et les gamins l'affaire d'une seconde ; mais sœur Hélène, au lieu de suivre leur exemple, resta toute tranquille, étendue contre le mur, sans même essayer de faire un mouvement.

Petite Nell poussa un cri.

— Vous êtes-vous fait mal ? dites, chérie.

Et elle se baissa pour l'aider à se relever.

— Non, non, Petite Nell, ne me touchez pas, je vous en prie, ne me touchez pas.

Une affreuse angoisse serra le cœur de la pauvre enfant, un sanglot lui monta à la gorge, mais elle se contint.

— Laissez-moi essayer, murmura-t-elle, passez votre bras autour de mon cou, je vous soulèverai, sans vous faire mal.

Sœur Hélène voulut lui obéir, mais ce simple mouvement lui arracha un cri si douloureux, que Petite Nell se releva brusquement et regarda d'un air effaré les gamins, qui faisaient déjà haie autour d'elle.

— Devons-nous chercher le docteur ? nous l'avons vu rentrer, fit une voix.

— Le docteur ?

Alors, comme si ce nom lui eût tout à coup rendu sa présence d'esprit, elle s'élança du côté de la maison et, avant même d'y avoir songé, se trouva debout devant lui, au beau milieu de sa chambre.

— Venez, oh ! venez, elle ne peut plus se relever, c'est de ma faute…

Il n'en écouta pas davantage, et il était déjà hors du jardin que Petite Nell, les mains jointes, les yeux égarés, regardait encore autour d'elle, sans oser faire un mouvement, désirant seulement s'éveiller de ce rêve, de ce rêve affreux, car c'était un rêve, elle en était sûre, il n'y avait pas deux minutes qu'elle glissait joyeusement sur la neige blanche, les mains de sœur Hélène autour d'elle. Comment donc se trouvait-elle ici, dans cette chambre, où elle n'entrait jamais seule ?

Mais non, elle ne rêvait pas, elle avait laissé son amie couchée au bord de la route. Oh ! mon Dieu, si elle allait mourir, si elle l'avait tuée ! De ses deux mains elle pressa son front et se mit à courir tout autour de la chambre, pour fuir l'horrible cauchemar.

Tout à coup, des pas se firent entendre au dehors, elle s'élança vers la fenêtre.

Des hommes traversaient le jardin, portant sœur Hélène couchée sur un matelas ; derrière eux venait le docteur, si pâle, si pâle qu'elle se jeta à terre dans un accès de désespoir.

La nuit vint, l'obscurité se fit complète, mais pour rien au monde elle n'aurait osé quitter sa place, pour rien au monde elle n'aurait osé ouvrir la porte.

Elle préférait rester là, toute seule, accroupie sur le plancher, tressaillant au moindre bruit et attendant qu'on vînt lui dire ce qu'elle ne voulait pas entendre, cherchant à s'imaginer qu'elle rêvait, qu'elle allait s'éveiller dans sa petite chambre, tout près de son amie.

Aussi, quand la porte s'ouvrit tout à coup, poussa-t-elle un cri de terreur en cachant sa figure dans ses deux mains.

— Ah ! fit la vieille Gritli d'un air soulagé.

Et, s'avançant sur la pointe des pieds, elle lui toucha doucement l'épaule.

Petite Nell releva la tête, regarda d'un air effaré la figure ridée qui se baissait vers elle, puis, tout à coup joignit les mains.

— Ah ! dites qu'elle n'est pas très malade, dites qu'elle est guérie, Gritli.

Mais la pauvre vieille, qui comprenait le français presqu'autant que le chinois, hocha tristement la tête en lui faisant signe de la suivre.

— Non, non, je n'ose pas, j'ai peur ; oh ! que dois-je faire ? Gritli, ne partez pas, attendez-moi.

La vieille se retourna, et, Petite Nell, sans savoir du tout si elle était éveillée ou non, s'élança sur ses pas et la suivit jusqu'au haut de l'escalier. Mais, au moment d'ouvrir la porte, elle lui saisit la main :

— Je crois que je ne peux pas ; j'ai peur, j'ai si peur…

Au même moment, la figure encore pâle et bouleversée du docteur se montra sur le seuil.

— Entrez, dit-il ; et comme elle hésitait encore : Hélène vous attend, mais je vous recommande, je vous supplie, ajoute-t-il plus bas, de ne pas l'agiter, de ne pas pleurer.

Petite Nell le regarda sans répondre, fit quelques pas, puis s'arrêta, comme incapable d'aller plus loin.

— Est-ce vous, fit la douce voix de son amie ; et tournant vers elle sa pauvre figure toute blanche : Venez, chérie, pourquoi restez-vous si longtemps loin de moi ?

Petite Nell n'écoutait plus, craintes, frayeurs, recommandations, tout était parti ; d'un bond elle fut auprès d'elle, l'entoura de ses bras et, tout en sanglotant, couvrit de baisers cette chère figure qui s'efforçait de lui sourire.

— Oh ! sœur Hélène, sœur Hélène, pardonnez-moi, je suis si malheureuse, si malheureuse.

— Non, ne dites pas cela, chérie, c'est reconnaissante qu'il faut être.

— Reconnaissante ? Oh ! sœur Hélène !

— Mais oui, de ce que ce n'est qu'une jambe cassée, songez donc…

— Oh ! non, je ne peux pas, je ne peux pas.

La malade s'agita douloureusement et allait de nouveau parler, quand une main toucha l'épaule de Petite Nell qui se redressa vivement.

Le docteur la regardait d'un air grave, presque mécontent.

— Vous n'êtes pas raisonnables, dit-il, pas plus l'une que l'autre. Tu t'agites beaucoup trop, Hélène, et si Nellie ne sait pas mieux se contenir je serai obligé de vous séparer.

En cet instant, la figure de Gritli se montra sur le pas de la porte.

— Le souper est prêt, dit-elle.

Le docteur se tourna vers Petite Nell.

— Descendez la première, je resterai ici jusqu'à ce que vous remontiez.

Elle obéit, quitta lentement la chambre et se dirigea vers la salle à manger ; mais, au lieu de se mettre à table, elle se laissa tomber sur la première chaise venue et cacha sa figure dans ses mains.

C'est qu'il est affreux de faire souffrir ceux qu'on aime, ceux auxquels on ne voudrait faire que du bien, que de la joie.

Oh ! comme elle avait souffert, sœur Hélène, comme sa pauvre figure était encore pâle, défaite, et pourtant elle n'avait eu pour elle que de tendres paroles, pas un mot de reproche, pas un ; bien plus, elle lui avait dit d'être reconnaissante.

Mais elle ne pouvait pas, non, elle ne pouvait pas être reconnaissante de la voir souffrir, de la voir couchée pour des semaines, pour des mois peut-être, et par sa faute, rien que par sa faute.

Oh ! pourquoi s'était-elle obstinée, pourquoi n'avait-elle pas écouté ses craintes, ses objections, rien alors ne serait arrivé et sœur Hélène ne serait pas à cette heure blessée, malade, et son frère ne lui aurait pas jeté ce regard qui l'avait terrifiée ; non, jamais le pli entre ses sourcils ne lui avait semblé aussi profond, si profond qu'elle avait eu peur, oui, pour la première fois depuis qu'elle demeurait sous son toit, elle avait eu peur de lui, si peur qu'elle ne croyait pas pouvoir affronter de nouveau ce terrible regard qui semblait lui demander raison des souffrances de sa sœur.

Elle tressaillit et releva brusquement la tête, un pas s'approchait.

— C'est lui...

Alors, sans réfléchir à ce qu'elle faisait, comme le désespéré qui se précipite au danger, elle courut au devant de celui qui entrait et qui s'arrêta interdit en face de cette petite figure désolée et de ses yeux suppliants.

— Dites, oh ! dites, pouvez-vous me pardonner ?

Et, sans lui laisser le temps de répondre, elle ajouta, ses pauvres petites mains serrées l'une contre l'autre : « Oh ! si vous saviez comme je souffre ; mais vous ne savez pas, vous ne pouvez pas savoir, vous, vous n'avez jamais fait que du bien à sœur Hélène, vous ne pouvez pas comprendre...

Elle s'arrêta.

Il était si pâle, si affreusement pâle qu'elle prit peur.

— Oh ! s'écria-t-elle, je sais que vous avez le droit d'être fâché, très fâché, mais je vous assure...

— Le droit, interrompit-il brusquement, non, je ne l'ai pas, personne ne l'a qu'Hélène ; et vous savez, continua-t-il de plus en plus troublé, qu'elle ne l'est pas, vous l'avez entendue, c'est sa manière d'en vouloir à ceux qui lui font du mal, elle n'en a pas d'autre.

Il se tut et se mit à arpenter la chambre à grands pas, pendant que Petite Nell, immobile de surprise, se demandait pourquoi lui aussi refusait de se fâcher. Oh ! comme elle aurait agi différemment à leur place !

En cet instant la porte s'ouvrit.

— Mademoiselle Hélène commence à s'impatienter, fit la voix de Gritli.

Sa sœur s'impatientant, c'était si étrange, si nouveau, que le docteur jeta sur la table la serviette qu'il venait de prendre et grimpa quatre à quatre l'escalier.

Du premier coup d'œil, il vit que la vieille bonne avait raison ; les joues en feu, le regard brillant, la malade s'agitait en gémissant sur sa couche.

— Souffres-tu beaucoup, Hélène ?

— Oh ! oui... non, je ne crois pas ; c'est cette immobilité : mais où est Petite Nell, est-ce qu'elle pleure encore ?

— Non, non, sois tranquille, elle va venir, ne t'agite pas ainsi.

— J'ai si chaud, murmura-t-elle, et si soif, je voudrais boire... Merci, je suis mieux maintenant, mais j'aimerais tant me mettre sur le côté, jamais je ne pourrai dormir ainsi.

— Il faut essayer, chérie.

Elle poussa un soupir et demeura tranquille une minute ou deux.

— Pourquoi Petite Nell ne vient-elle pas ? Je suis sûre qu'elle pleure.

Au même instant, la porte s'ouvrit et Petite Nell entra sur la pointe des pieds.

— Enfin, c'est vous, soupira sœur Hélène ; venez vers moi, vos mains sont-elles fraîches ? Mettez-les sur mon front ; non, elles sont toutes chaudes. Oh ! comme je suis fatiguée ! Donnez-moi encore à boire... quelle heure est-il ?

— Neuf heures.

— Neuf heures ! c'est impossible, je suis sûre que vos montres sont arrêtées. Oh ! si je pouvais bouger, rien qu'un peu, seulement changer de position. Pourquoi ne dis-tu rien, Charles ? Vous vous en allez toujours, tantôt l'un, tantôt l'autre, au fond de la chambre, il n'y a que moi qui reste à ma place.

— Tiens, Hélène, bois encore ceci, cela t'aidera peut-être à dormir.

— Merci ; je suis bien impatiente, n'est-ce pas ? Je ne comprends pas pourquoi je suis si énervée. Maintenant, je vais essayer de rester tranquille.

Et elle tendit sa main à Petite Nell, qui la garda dans la sienne et demeura debout près du lit, arrangeant les oreillers, repoussant et replaçant les couvertures.

Enfin, après une attente qui lui parut terriblement longue, la malade parut se calmer, ses yeux se fermèrent, elle tomba dans une sorte de demi sommeil, dont elle sortait brusquement, comme réveillée en sursaut par une terreur soudaine.

— Je vous en prie, Petite Nell, tenez-moi, nous allons nous tuer, s'écria-t-elle tout à coup, en ouvrant brusquement les yeux.

— Oh ! comme j'ai soif.

Son frère lui donna à boire et elle s'assoupit de nouveau.

Petite Nell, toujours debout à côté du lit, sa main dans la sienne, le cœur serré comme dans un étau, promenait son regard de cette chère figure brûlante de fièvre au visage inquiet de son frère, qui allait et venait sans bruit à l'autre bout de la pièce.

— Vous devez être bien fatiguée, fit-il tout à coup.

Elle secoua la tête.

— Essayez de vous asseoir, reprit-il tout bas, en rapprochant une chaise.

— Merci.

— Ne me quitte pas, oh ! ne me quitte pas, s'écria la malade en se cramponnant tout à coup à la main de Petite Nell. Georges, Georges, emmène-moi, ne me laisse pas seule, j'aime mieux mourir, oh ! j'aime mieux mourir.

Un sanglot lui coupa la parole.

— Je crois que j'ai de nouveau rêvé, fit-elle haletante, en promenant autour de la chambre un regard inquiet ; ai-je parlé, ai-je dit quelque chose ? Charles, Charles, où es-tu ?

— Ma pauvre, pauvre chérie ! murmura-t-il en se penchant sur elle.

— Non, non, ne dis pas cela, je ne suis pas à plaindre ; oh ! comme je suis fâchée d'avoir rêvé ! Non, ce n'est pas vrai, je ne voudrais pas mourir, tu le sais bien, n'est-ce pas ?

Et comme il ne répondait pas :

— Oh ! pourquoi ne veux-tu pas me croire ? s'écria-t-elle.

— Je t'en prie, Hélène, ne pleure pas, ne t'agite pas ainsi.

— Alors, dis que tu me crois, que tu sais que je suis heureuse, tout à fait heureuse, ajouta-t-elle, en cherchant à voir son visage.

Il murmura quelques mots à son oreille.

— À présent, dit-elle, après un assez long silence, je voudrais que tu ailles te coucher, les médecins n'ont que leurs nuits pour se reposer (quand on les leur laisse). Petite Nell pourra veiller encore un moment, mais si tu restes ici, ajouta-t-elle en le voyant hésiter, cela m'empêchera tout à fait de dormir.

— Et si tu as besoin de moi ?

— Je te ferai chercher.

— Vous entendez, dit-il, en se tournant vers Petite Nell, si vous avez la moindre inquiétude, il faut venir m'appeler.

— Oh ! comme je suis fâchée d'avoir rêvé ! s'écria sœur Hélène, dès que la porte se fut refermée sur son frère, cela lui a fait tant de peine.

Et les larmes qu'elle avait retenues jusqu'ici commencèrent à couler.

— Mais, ce n'est pas de votre faute, et il sait bien que vous ne pensez pas ce que vous avez dit, seulement il a été effrayé de vous entendre crier si fort ; à présent, nous allons tâcher de dormir.

— Je crains bien que ce ne soit pas possible, soupira sœur Hélène.

— Mais nous essayerons, fit Petite Nell, nous ne dirons plus un mot et nous resterons tout à fait tranquilles, comme ceci.

Et elle appuya sa tête sur le bord du lit.

Le jour remplissait la chambre, quand la porte s'ouvrit doucement, si doucement que le sommeil de sœur Hélène n'en fut point troublé et que la tête mignonne, appuyée tout près de la sienne, ne fit pas un mouvement.

Le docteur les regarda pendant quelques secondes et referma la porte sans bruit.

CHAPITRE XXI

— Comme le temps passe ! Pouvez-vous croire, sœur Hélène, qu'il y ait déjà quatre semaines que vous êtes au lit ?

— Déjà ! Vous êtes gentille, il me semble qu'il y en a huit ou dix pour le moins.

La figure de Petite Nell s'allongea.

— Oh ! vous êtes-vous ennuyée à ce point ? moi qui croyais...

— Non, je ne m'ennuie pas, vous ne m'en laissez pas le temps, c'est plutôt l'inaction qui me pèse ; mais je ne veux pas me plaindre, au contraire, je me demandais, tout à l'heure, ce que j'aurais fait sans vous.

— Sans moi ? Mais, sans moi, vous ne seriez pas au fond de votre lit.

— Qui sait ? Le même accident aurait pu m'arriver, bien que d'une autre manière, ajouta-t-elle en souriant ; et si je ne vous avais pas eue pour me soigner, me gâter, me dorloter, tenir compagnie à mon frère, surveiller le ménage, faire tout enfin, représentez-vous...

— Je ne peux pas, interrompit Petite Nell, c'est trop affreux.

— Oh ! vous avez beau rire, je me vois, continua la malade, passant mes journées seule dans ce lit, sentant mon frère également seul, sa chambre plus ou moins bien tenue, ses malades plus ou moins bien reçus par Gritli... Quand je pense qu'il aurait pu en être ainsi, je ne peux pas être assez reconnaissante. À côté de l'épreuve, ajouta-t-elle plus bas, Dieu met toujours une bénédiction.

— Maintenant, dit Petite Nell, qui ne saisissait pas encore très bien qu'on put être reconnaissante pour une jambe cassée, je vais faire la toilette de votre chambre ; et puis, ce sera votre tour, il faut que vous soyez très jolie pour recevoir la visite de votre docteur.

— Que vous êtes absurde, Petite Nell !

— Absurde, tant que vous voudrez ; voulez-vous un miroir pour me dire si c'est impossible ?

— Non, merci..., là, maintenant, vous avez assez brossé mes cheveux ; lisez-moi le journal, voulez-vous ?

— Tout à l'heure, quand vous serez tout à fait de mon goût... À présent, je crois que nous y sommes. Comme vous êtes ravissante dans ces broderies blanches, il vous faut adopter cette couleur pour toujours.

— Mais qu'avez-vous donc aujourd'hui ? dit sœur Hélène en riant, vous êtes pis qu'absurde.

— À qui fais-tu ce compliment ? demanda son frère, qui venait d'entrer.

— À moi, s'écria Petite Nell, parce que je lui dis qu'elle est jolie.

Il sourit.

— C'est vrai que tu as très bonne mine, je crois même que je ne t'ai jamais vue aussi près d'être rose ; mais, ajouta-t-il, en se tournant vers la jeune fille, je ne peux pas vous en dire autant, il paraît que le métier de garde-malade ne vous convient pas, gageons aussi que vous ne sortez plus du tout.

— Au contraire, je fais chaque jour deux ou trois fois le tour du jardin, n'est-ce pas, sœur Hélène ?

— Et vous appelez cela sortir ?

— Je ne peux pourtant pas faire de vraies promenades toute seule, c'est trop ennuyeux, et puis j'ai toujours peur de rencontrer oncle Nestor ou cousin Max.

Le docteur se mit à rire.

— Pourtant, vous ne pouvez pas attendre qu'Hélène ait recouvré l'usage de ses pieds pour prendre de l'exercice ; car, même en admettant qu'elle puisse se lever dans deux ou trois semaines, il lui faudra encore quelque temps avant qu'elle se remette à courir ; mais, il faut que je vous quitte, je suis très pressé, l'on m'attend à plus d'une heure d'ici.

Il quitta la chambre, et Petite Nell prit le journal, qu'elle lut consciencieusement d'un bout à l'autre, sans omettre ni un article ni une annonce. Après quoi, elle descendit vers Gritli, fit le tour de la maison, mit en ordre la chambre du docteur et remonta vers sa malade ; mais, au lieu de se mettre à babiller, elle s'assit à côté du lit et resta pensive, le menton dans sa main.

— Qu'avez-vous, Petite Nell ? demanda son amie, un peu surprise de ce silence qui n'était plus du tout dans ses habitudes.

— Je cherchais un moyen de vous faire passer le temps plus vite, mais je ne trouve rien, ajouta-t-elle piteusement.

Sœur Hélène se mit à rire.

— Et vous croyez que c'est en prenant cet air mélancolique que vous m'aiderez ? Mais, ajouta-t-elle, j'ai exagéré en disant qu'il me semblait être au lit depuis dix semaines. Maintenant, nous allons faire de jolis plans pour le moment où je me lèverai, car dans une quinzaine ce sera déjà le printemps ; quelles délicieuses *rôderies* nous allons faire ensemble et que de visites ; c'est affreux comme mes vieux doivent se trouver négligés !

— Ils savent tous que vous êtes malade, mais c'est bien dommage qu'ils ne puissent pas venir eux-mêmes jusqu'ici.

— Jusqu'ici, pour quoi faire ?

— Une visite, par ci, par là, vous aiderait peut-être à passer le temps.

— Oh ! quelle susceptible petite entêtée ! C'est bien à tort que l'on fait de ces deux défauts le trait distinctif de ma nation, je trouve qu'à cet égard tout le monde nous ressemble joliment.

— Mais…

— Mais quoi, qu'avez-vous ? avez-vous entendu quelque chose ?

— Bien sûr, le bruit d'une voiture qui vient de s'arrêter devant le jardin, répondit Petite Nell en courant à la fenêtre.

— Je suis sûre que ce n'est qu'un char qui amène un malade ; il faudra lui dire que mon frère est sorti.

— Non, non, c'est une voiture, et une très belle, encore. Voilà Gritli qui traverse le jardin, on lui fait signe d'avancer ; une dame, une dame très élégante qui lui tend la main, comme si elle la connaissait ; maintenant elle descend. C'est, une visite pour vous, sœur Hélène, cela fera diversion.

— Voyons, Petite Nell, est-ce que vous inventez tout cela, ou est-ce vrai ?

— Vrai, vrai, vrai.

— Alors, je vous en supplie, allez lui dire que je ne reçois pas ; et si elle est venue pour mon frère, priez-la d'attendre ou de repasser, mais ne m'amenez personne, personne.

Elle n'avait pas fini de parler, que la porte s'ouvrait et que la vieille figure de Gritli, rayonnante comme un soleil, s'effaçait pour laisser passer la visiteuse.

— Hélène, ma pauvre chérie, quel accident !...

Et, dans son empressement, elle renversa presque Petite Nell et tomba littéralement sur sœur Hélène, qu'elle couvrit de baisers entrecoupés d'exclamations de surprise et de joie.

Pendant ce temps, Petite Nell, qui s'était retirée à l'autre bout de la chambre, assistait, sans le moindre plaisir, à ces explosions de tendresse et écoutait, avec une certaine impatience, cette conversation à bâtons rompus qu'elle ne comprenait qu'imparfaitement.

— Mais c'est absurde, s'écria tout à coup l'étrangère, sais-tu, Hélène, que tu as vraiment oublié l'allemand, à chaque instant tu me réponds en français !

— Ce n'est pas surprenant, je ne parle plus que cette langue.

— Mais pas avec Charles ?

— Avec Charles aussi, surtout depuis que Petite Nell demeure chez nous. Venez ici, Petite Nell, que je vous présente à notre amie. Nellie Daval, Ella Hollensburg.

L'étrangère toisa la jeune fille d'un regard perçant et lui tendit la main.

— Mais tu dois la connaître, reprit sœur Hélène, je t'en ai souvent parlé dans mes lettres.

— Oui, je crois que je m'en souviens ; mais tu me parles de tant de gens dans tes lettres que j'ai de la peine à les débrouiller.

Petite Nell rougit et allait retourner vers la fenêtre, quand son amie la retint doucement.

— Chérie, descendez vers Gritli et aidez-lui à composer un joli dîner, murmura-t-elle à son oreille.

Elle obéit, mais sans un sourire, sans même regarder son amie.

— Comme cet enfant a l'air froid et indifférent, fit la dame, en enlevant son chapeau et en allant au miroir pour arranger les boucles noires qui lui couvraient le front.

— Petite Nell froide et indifférente ! s'écria gaiement sœur Hélène, tu n'es pas perspicace, Ella ; il n'y a pas dans le monde de cœur plus chaud et plus enthousiaste.

— Comment Charles s'en accommode-t-il, lui qui détestait autrefois la présence des étrangers dans sa famille ?

— Il s'en accommode très bien ; d'abord, il n'avait pas même l'air de la voir, et elle non plus, car ils sont presque aussi sauvages l'un que l'autre, mais depuis qu'ils font de la musique ensemble tout est changé, ils en sont tous deux passionnés.

— Quelle chance elle a eue de vous trouver sur son chemin, il y a des gens qui ont le talent de…

— La chance, interrompit sœur Hélène, a été pour nous aussi bien que pour elle.

— Oh ! c'est parfait ! Mais c'est de toi, tu es toujours la même Hélène, tu n'as changé ni au physique ni au moral, depuis quatre ans que je ne t'ai vue.

— Est-ce un compliment ?

— Oui et non, comme tu voudras.

— Alors, je préfère le prendre pour un compliment.

— Charles ne rentrera-t-il pas bientôt ? Oh ! que je me réjouis de voir sa surprise, et en même temps j'ai peur, reprit la visiteuse, a-t-il beaucoup changé ?

— Oui, fit gravement sœur Hélène, car il est toujours meilleur, toujours plus patient, plus tendre, plus dévoué.

— Alors, c'est pour te faire plaisir qu'il tolère chez lui la présence de cette petite fille ?

— Peut-être, répondit sœur Hélène, avec une nuance d'impatience ; mais je puis t'assurer que s'il l'a d'abord tolérée par amour pour moi, sa présence ne lui est plus du tout désagréable, et je ne serais pas surprise qu'il redoutât son départ, presque autant que moi.

— Ah ! elle doit bientôt vous quitter ?

— Dans deux ou trois mois, je crois, aussitôt que son frère aura son brevet d'ingénieur.

— Et quand pensez-vous revenir en Allemagne ? demanda la visiteuse, après un court silence. Nous soupirons tous après votre retour ; mais je crois que tu nous oublies, Hélène, tu deviens française, à force de parler le français.

— Moi, oh ! non, je n'oublie personne, mais je ne pense pas encore à retourner en Allemagne, et je ne crois pas non plus que ce soit le désir de Charles.

— Oh ! quant à lui, je me charge de le convertir, mais il faut que tu me laisses faire.

— Certainement, tu pourras même essayer de suite, car c'est lui qui vient, j'entends son pas dans l'escalier.

La jeune dame s'était levée et s'élança au devant du docteur, les deux mains tendues.

— Oh ! s'écria-t-il, c'est un peu fort, par quel hasard ?

— Par le hasard de la volonté, mon cher.

— Sans nous avoir prévenus, pas même par un mot ?

— Certainement pas, je voulais jouir de votre surprise. Comme je suis contente de vous revoir, ajouta-t-elle, en s'asseyant sur le sofa. Là, mettez-vous à côté de moi et causons, mais dans notre langue à nous, du présent, du passé et de l'avenir.

En ce moment, Petite Nell se glissa doucement dans la chambre et, voyant sa place libre, s'approcha du lit de sœur Hélène.

— Chérie, comme vous faites une affreuse figure, murmura celle-ci. Tout à l'heure vous me souhaitiez des visites, et maintenant…

— Oh ! je suis très contente, répondit Petite Nell, d'une voix un peu étouffée.

— Voyons, mon enfant, vous ne voulez pas être déraisonnable et faire mauvais accueil à une de nos plus anciennes amies.

Elle attira la figure de Petite Nell tout près de la sienne.

— C'est sa sœur, murmura-t-elle, en indiquant du regard le portrait suspendu près de son lit ; bien qu'elle ne lui ressemble en rien, mais c'est pourtant sa sœur. Elle est venue en Suisse avec quelques amis qui l'attendent, je ne me souviens plus dans quel endroit ; elle ne restera ici que deux ou trois jours, pendant lesquels il faudra être gentille et vous montrer hospitalière.

Petite Nell ne répondit pas ; sans le vouloir, elle prêtait l'oreille à ce qui se disait à l'autre bout de la chambre. La jeune dame pressait le docteur de retourner en Allemagne ou du moins de venir y faire un long séjour.

À quoi celui-ci répondait qu'il avait depuis longtemps le désir de revoir sa patrie et ses amis, mais qu'entre le désir et l'exécution se trouvait parfois l'impossibilité.

Et la visiteuse le priait de nommer ce qu'il appelait « impossibilité » ; puis, un à un, abattait tous les obstacles, si bien qu'au bout de quelques minutes, il lui avait donné sa parole qu'un nouveau printemps ne s'écoulerait pas sans qu'il fût revenu au pays.

Alors, la jeune dame ayant manifesté le désir de visiter la maison et le jardin de ses amis, il se leva pour l'accompagner.

— Est-ce que vous l'aimez, sœur Hélène ? demanda Petite Nell, aussitôt que la porte se fut refermée.

— Mais certainement ; quelle drôle d'idée !

— C'est que vous ne m'avez jamais parlé d'elle.

— Elle est la cadette de la famille, par conséquent beaucoup plus jeune que moi et celle aussi que je connais le moins.

— Alors… vous ne l'aimez pas… horriblement, affreusement ?

Sœur Hélène sourit.

— Oh ! non, ni horriblement, ni affreusement, soyez tranquille. Autrefois, continua-t-elle, nous, je veux dire, Georges et moi, pensions que peut-être Charles l'épouserait, car elle n'était qu'une fillette que déjà son admiration pour lui faisait l'amusement de toute la famille, mais je ne sais pas si lui-même y a jamais songé.

— Aimeriez-vous qu'il l'épousât, sœur Hélène ?

Celle-ci se mit à rire.

— Quand vous questionnez, dit-elle, vous n'y allez pas par quatre chemins ; oui et non, mais je ne crois pas qu'elle soit la femme qu'il lui faut.

— Pourquoi pas ?

— À vrai dire, je n'en sais rien, je crois que la seule raison, c'est que je ne trouve aucune femme digne de lui.

— Tout à fait comme moi, quand je pense à mon frère, s'écria gaiement Petite Nell.

— Maintenant, dit sœur Hélène, il vous faut de nouveau descendre, ma chérie, c'est vous qui ferez les honneurs du dîner ; et puis, vous aiderez Gritli à préparer une chambre, et puis…

— Et puis ?

— Si cela ne vous ennuie pas trop, faites-leur un peu de musique, je suis très fatiguée.

Petite Nell l'entoura de ses bras et l'embrassa avec passion.

— Tout ce que vous voudrez, dit-elle, puisque vous ne l'aimez pas… affreusement.

— Oh ! quelle vilaine petite jalouse !

Mais Petite Nell était déjà au bas de l'escalier.

CHAPITRE XXII

Seulement deux ou trois jours, avait dit sœur Hélène, et deux semaines entières s'étaient écoulées sans que l'étrangère eût prononcé le mot de départ, et rien n'annonçait encore son intention de le prononcer.

La jeune dame, il est vrai, ne se montrait pas exigeante et s'accommodait à merveille du genre de vie de ses amis ; pourvu qu'elle fût toujours avec eux, soit auprès de la malade, soit avec le docteur, dans sa chambre ou dans la bibliothèque, elle ne demandait rien de plus, ne désirait pas d'autre distraction.

Et, comme le jour de son arrivée, Petite Nell continuait à lui céder sa place auprès du lit de son amie, mais elle ne cherchait plus comme alors à s'en emparer dès qu'elle la savait vacante. Elle ne demeurait dans sa chambre que lorsqu'elle y était obligée, ayant bien soin, pendant ce temps, d'éviter le regard tendrement anxieux qu'elle sentait attaché sur elle ; car elle savait, Petite Nell, que si elle eût regardé, ne fût-ce qu'une seconde, cette chère figure inquiète, les sentiments qui lui remplissaient, le cœur depuis quelques jours se seraient fondus comme de la cire, et elle ne voulait pas qu'ils se fondissent, elle voulait être fâchée, et certes il y avait de quoi.

Cette étrangère, à qui l'on faisait si bon accueil, c'était elle, maintenant, oui, elle, la visiteuse, qui semblait lui faire les honneurs de la maison de ses amis ; c'était elle, qui, dès le matin, s'installait avec son ouvrage au chevet de sœur Hélène ; elle, qui, soi-disant pour lui aider, mettait en ordre la chambre du docteur, dépouillait le jardin pour orner les vases de sa cheminée, et accourait à sa rencontre dès qu'elle entendait son pas.

Mais, de tout ceci Petite Nell aurait encore pu prendre son parti ; ce qu'elle ne pouvait ni supporter ni lui pardonner, c'était d'obliger ses amis à parler devant elle cette langue, qui non seulement lui écorchait les oreilles, mais qui la rendait étrangère et l'isolait. Sœur Hélène, il est vrai, avait fait son possible pour protester, mais la nouvelle venue s'était si bien obstinée qu'il avait fallu céder.

Faut-il encore s'étonner que Petite Nell se tînt à l'écart ; et comme on lui laissait beaucoup de loisir, beaucoup de temps disponible, elle s'était mise à faire de longues promenades, que ne troublait plus même la crainte de rencontrer oncle Nestor ou cousin Max.

Mais ces heures d'exercice, recommandées peu auparavant par le docteur, n'amenaient point de rose sur ses joues et point de lumière dans ses jolis yeux, qui ne ressemblaient plus du tout à de joyeuses étoiles.

Pauvre Petite Nell, elle se sentait toute malade et n'en continuait pas moins à se nourrir de la chose la plus indigeste, la plus malsaine qui existe sur terre, cette chose qui détruit à la fois le corps et l'âme, qui trouble l'esprit et nous rend dur, injuste envers ce que nous aimons le plus, cette chose, qui, à tort ou à raison, nous fait souffrir toutes les tortures de l'enfer.

Mais ils ne voyaient rien, ses amis, ils ne s'apercevaient ni de son chagrin ni de son absence, ils continuaient à causer et à rire avec leur hôte, pendant que, seule au salon, elle arrachait du piano des accents à fendre l'âme ; et elle n'avait pas à craindre d'être entendue ni de les déranger, leurs voix joyeuses venaient, à chaque instant, la rassurer sur ce point.

Un soir que, selon sa nouvelle habitude, elle était occupée non à jouer mais à pleurer du piano, la porte de la bibliothèque s'ouvrit.

— Pardon, j'espère que je ne vous dérange pas ?

Petite Nell se retourna, et à la vue de la visiteuse fit faire un demi-tour à son tabouret.

— Je ne vous ai presque pas vue pendant mon séjour, reprit l'étrangère, mais je ne vous en veux pas, ajouta-t-elle en souriant, et je dois au contraire vous en remercier. Charles vient de m'apprendre que ce n'est pas votre habitude de vivre ainsi isolée et que vous ne l'avez fait que pour me céder votre place, puisque je n'avais que peu de jours à consacrer à mes amis.

Petite Nell ne répondit pas, ses joues brûlaient ; elle détourna la tête et mit, sans rien dire, sa main dans celle que lui tendait l'étrangère.

Oh ! comme elle trouvait dur, difficile à accepter, ces louanges qu'elle n'avait pas méritées, si difficile qu'elle entr'ouvrit deux ou trois fois les lèvres pour parler, mais le courage lui manqua.

— Je pars le cœur plus léger qu'à mon arrivée, reprit gaiement la jeune dame, car j'ai enfin remporté la victoire : le docteur m'a promis sa visite pour le mois de juin, et j'espère que bientôt ils reviendront tous deux s'établir définitivement en Allemagne ; il est impossible qu'Hélène reste plus longtemps loin de nous, sa santé est maintenant tout-à-fait rétablie, et le souvenir de mon frère va s'adoucissant chaque jour, ne croyez-vous pas aussi ?

— Je ne sais pas.

— Comment, vous ne savez pas, mais…

Elle hésita.

— Je pensais, je croyais que vous connaissiez cette triste histoire.

— Oh ! oui, je la sais, s'écria Petite Nell, sœur Hélène m'a tout, tout raconté.

— Pauvre amie, comme elle a souffert, on s'étonne même qu'elle ait pu résister à un pareil coup.

— C'est parce qu'elle ne pense qu'aux autres, interrompit vivement Petite Nell, qu'elle a pu le supporter.

— Vous avez raison, c'est son amour pour son frère et son désir de lui faire tout oublier qui l'ont sauvée ; mais ce n'était pas facile, car il ne voulait ni entendre raison ni se laisser consoler ; pauvre garçon, il était encore plus à plaindre qu'elle, vous comprenez, il souffrait doublement, s'accusait de la perte de son meilleur ami et d'avoir détruit le bonheur, brisé la vie de sa sœur ; il ne pouvait se pardonner d'avoir fait appeler mon frère ; mais comment aurait-il pu deviner ce qui allait arriver ?

Petite Nell ne répondit rien, ne fit pas un mouvement, elle comprenait tout maintenant, elle s'expliquait tout : il employait sa vie à réparer un mal involontaire, elle employait la sienne à le lui faire oublier.

À cette pensée, son cœur se gonfla d'enthousiasme et d'admiration, elle détourna vivement la tête.

Oh ! comme elle leur ressemblait peu, si peu qu'ils avaient pris, lui du moins, sa mauvaise humeur pour de l'abnégation.

— Et ce n'est pas tout, reprit l'étrangère d'une voix très douce ; croiriez-vous que, non content de vivre pour sa sœur, il est décidé à ne jamais se marier, afin de pouvoir toujours rester près d'elle, c'est une manière d'expier envers elle un tort involontaire.

— Oh ! je le comprends, s'écria Petite Nell, avec des yeux brillants qui, cette fois, regardaient l'étrangère bien en face. Si j'avais une sœur comme sœur Hélène, je ferais comme lui, je ne voudrais pour rien au monde me marier, tant j'aurais peur de devoir faire de fâcheuses comparaisons.

La jeune dame sourit.

— Je vois, dit-elle, qu'Hélène a raison et que vous êtes une petite enthousiaste. Il ne me reste donc plus qu'à vous remercier encore et à vous dire au revoir, qui sait ?

Elle tendit la main à Petite Nell, qui la prit à la hâte et s'élança en courant dans l'escalier.

— C'est vous, chérie ; est-ce le départ d'Ella qui vous rend si leste ?

Au lieu de répondre, Petite Nell entoura sœur Hélène de ses bras.

— Pardonnez-moi, murmura-t-elle enfin.

— Vous pardonner, rien n'est plus facile, car vous ne m'avez rien fait, chérie ; c'est nous, au contraire, qui vous avons tourmentée, mais sans le vouloir.

— Oh ! je le sais, c'est par ma faute, rien que par ma faute, parce que je suis une égoïste ; et vous avez cru que je m'éloignais par abnégation, mais ce n'est pas vrai, je l'ai fait parce que… j'étais fâchée, de mauvaise humeur, jalouse…

— Non, non, tranquillisez-vous, je ne l'ai pas cru, répondit sœur Hélène en souriant, je connais trop bien votre petite mine pour me tromper ; mais je voyais que vous vous rendiez malheureuse et cela me faisait beaucoup de peine.

Il y eut un court silence.

— Mais, le docteur le croit, reprit Petite Nell, il le lui a dit ce soir, et elle m'a remerciée, ajouta-t-elle d'un air désespéré. Oh ! si vous vouliez le lui dire.

— À Ella ? Certainement pas, il vaut beaucoup mieux…

— Non, non, pas à elle, au docteur ; je ne peux pas supporter qu'il croie ce qui n'est pas vrai, s'écria-t-elle, en levant sur son amie une petite figure tourmentée, où la confusion, le regret, la droiture, se disputaient la place.

Un soupir, puis un bâillement prolongé, partis du fond de la chambre, la firent tressaillir et se redresser en sursaut.

— Comme j'ai dormi, murmura la voix du docteur, c'est honteux !

Et, sans regarder autour de lui, sans même jeter un coup d'œil du côté du lit de sa sœur, il quitta la chambre.

— Oh ! sœur Hélène, le saviez-vous ? murmura Petite Nell, dès que la porte se fut refermée.

— Je l'avais oublié, chérie, absolument oublié.

CHAPITRE XXIII

— Sœur Hélène, tous les bonheurs m'arrivent à la fois, pas moins de quatre, ce matin.

— Quatre bonheurs, mais, chérie, c'est trois de trop.

— Premièrement, le docteur m'a dit que vous alliez commencer à vous lever, peut-être déjà aujourd'hui.

— Oui, je le sais, mais il ne veut pas que je marche, je ne ferai d'abord qu'échanger mon lit contre un canapé.

— Parce qu'il ne faut pas que vous fassiez d'imprudence, mais aussitôt qu'il vous verra assez forte, il vous permettra de faire quelques pas. Vous voyez que je suis bien renseignée.

— Oui, presque mieux que moi ; et votre second bonheur ?

— Le voici.

Et Petite Nell sortit une lettre de sa poche.

— Une grande page et demie, dit-elle ; il travaille beaucoup en vue de ses examens et se porte très bien, quoique toujours un peu enrhumé. Maintenant, le troisième ; oh ! essayez de le deviner.

— Non, non, je suis beaucoup trop impatiente.

— Cousin Max se marie avec Anna Davy ; c'est tante Olympe en personne qui est venue tout-à-l'heure me l'annoncer ; et ils sont tous dans un état de joie indescriptible, surtout oncle Nestor, qu'on ne reconnaît plus, paraît-il, et qui a déclaré que la noce de son fils serait la plus belle qu'on ait jamais vue ici, et qu'on y verra jamais. Aussi, il a chargé tante Olympe de me prier de jouer un magnifique morceau d'orgue, pour l'entrée et la sortie des époux à l'église, et je dois me dépêcher, car le mariage se fera dans trois ou quatre semaines.

— Et de Maxime, que dit-elle ?

— C'est de lui dont nous avons le moins parlé, mais il paraît qu'il est très content, et qu'il a tout oublié, excepté qu'il aime Anna Davy et n'aime qu'elle. Ce sont les propres paroles de tante Olympe.

— Tant mieux pour lui, dit sœur Hélène, c'est ce qui pouvait lui arriver de plus heureux.

— Je trouve aussi et je pense que ce serait très commode si nous pouvions toujours oublier au fur et à mesure les choses pénibles, dit Petite Nell, pensez comme l'on souffrirait moins.

— Taisez-vous, je trouve cette pensée affreuse.

— Je ne comprends pas pourquoi, elle me semble au contraire très agréable.

— Et bien, non, fit gravement sœur Hélène, j'aime mieux souffrir et me souvenir ; au premier moment, c'est terrible, mais plus tard, quand la première douleur est passée, quelle douceur, quelle jouissance dans le souvenir, n'est-il pas vrai ? Voudriez-vous, à cette heure, avoir perdu la mémoire de votre mère ?

— Oh ! pour rien au monde, quelle horreur !

— Vous voyez bien, chérie, que vous dites des bêtises, et qu'il vaut la peine de souffrir pour avoir ensuite le bonheur de se rappeler.

Petite Nell ne répondit pas.

— À quoi pensez-vous ? demanda sœur Hélène.

— À ces deux morceaux d'orgue, car la difficulté sera de choisir quelque chose du goût d'oncle Nestor.

— Je suis sûre que vous trouverez ce qu'il vous faut dans la musique de mon frère.

Petite Nell se leva.

— À présent, il faut que je descende : vous comprenez, ajouta-t-elle en riant, je n'ai plus personne pour me remplacer et mettre en ordre la chambre du docteur.

— Mais vous ne m'avez pas dit votre quatrième bonheur ?

— Je crois que je le garde pour moi, parce que j'en ai un peu honte, répondit Petite Nell en riant.

— Alors, je le devine ; pauvre Ella, elle est heureusement partie sans se douter de rien.

* * *

Quelques jours suivirent, dont chaque moment de liberté fut employé à choisir un morceau d'orgue digne de figurer aux noces de Maxime et d'Anna Davy, et Petite Nell apportait à ce choix un zèle et un intérêt qui devint bientôt contagieux.

La porte de sœur Hélène et celle du salon grandes ouvertes, elle exécutait, les unes après les autres, les marches les plus triomphales, puis elle courait au haut de l'escalier demander l'opinion de son amie.

— Je ne suis pas très compétente, répondait celle-ci, j'aimerais peut-être mieux quelque chose de moins bruyant, de plus tranquille.

— Mais, sœur Hélène, si cela ne fait pas beaucoup de tapage, oncle Nestor ne sera pas content, et si je joue quelque chose de lent, il le trouvera mélancolique.

— Alors, chérie, faites comme vous croirez, ou plutôt demandez à mon frère.

Et, quand le soir venait, les répétitions recommençaient ; et puis, pour finir, Petite Nell s'enhardissait jusqu'à demander une romance, rien qu'une, à laquelle deux ou trois autres venaient toujours s'ajouter.

Et, pendant que ses mains couraient sur le clavier, il lui arrivait quelquefois de lever les yeux et de se demander, avec un étonnement sincère, si le frère de sœur Hélène avait toujours eu cette même figure.

Comment se faisait-il alors qu'elle n'eût jamais remarqué ce qu'elle voyait si clairement à présent ? Comment avait-elle pu prendre pour une humeur farouche cette douloureuse contraction de ses beaux sourcils ! Et quelle douceur dans ses yeux, qui ne lui semblaient que pénétrants autrefois, et quel bon sourire, d'autant meilleur qu'il était plus rare ! Que c'était drôle de faire tant de découvertes à la fois et de s'apercevoir, seulement à présent, qu'elle était belle, très belle, cette grave figure, qui lui inspirait encore une certaine crainte, mais mélangée désormais de la plus enthousiaste admiration.

— Qu'est-ce qui vous arrive, Nellie ?

Elle venait de s'arrêter de jouer.

— Pardon, je ne sais pas…

Et, dans un état de confusion difficile à décrire, elle s'était remise au travail, en se promettant de ne plus lever les yeux de dessus son cahier.

Pendant ce temps, sœur Hélène, du sofa où elle était couchée, entendait la musique et le son de leur voix, cela lui tenait compagnie, et, quand ils remontaient près d'elle, l'air content, joyeux, elle se sentait heureuse et ne désirait rien de plus.

* * *

— À présent, c'est décidé, fit Petite Nell, nous avons choisi deux marches, le docteur croit aussi qu'il vaut mieux jouer quelque chose de très gai, n'est-ce pas ?

— Certainement, pourquoi leur joueriez-vous des marches funèbres ?

— Alors, j'irai demain au temple pour commencer à m'exercer, je n'ai plus beaucoup de temps et il ne s'agit pas de faire des fautes, car, vous savez, ce sera vraiment une très belle noce, la moitié du village y est invitée.

— Et vous. Petite Nell, vous a-t-on mise de côté ?

— Certainement non, mais j'ai dit que vous ne pouviez absolument pas vous passer de moi, et c'est vrai, n'est-ce pas ?

— Tout à fait vrai, fit le docteur.

— Et il m'a semblé que tante Olympe avait l'air plus soulagé que contrarié, bien qu'elle ait insisté très gentiment.

Le lendemain, comme le soleil allait disparaître derrière les montagnes, Petite Nell, une demi-douzaine de cahiers sous le bras, se tenait debout près de la chaise longue de son amie.

— Ainsi, vous voilà toute prête à m'abandonner ?

— Pas pour longtemps, je serai de retour pour vous apporter

votre souper.

— Voilà une promesse bien téméraire et qui risque fort de m'affamer.

— Eh bien, vous verrez que je serai là avant que vous ayez eu le temps de penser à moi.

— Nous verrons.

Et Petite Nell partit en courant.

* * *

— Eh bien, s'écria gaiement sœur Hélène, lorsqu'elle reparut tout essoufflée, comme quelqu'un qui se sait en retard, vous pouvez vous vanter d'être exacte, voilà une demi-heure que mon frère et mon souper vous attendent.

— Oh ! comme je suis fâchée, mais ce n'est pas de ma faute, vous allez voir, il m'est arrivé quelque chose de si drôle, de si comique…

— Une aventure, alors racontez vite ; mais quelles belles couleurs vous avez ! Regarde-la donc, Charles.

Petite Nell se mit à rire, pendant que ses joues devenaient encore un peu plus roses.

— Vous savez, dit-elle, en s'asseyant et posant ses livres sur ses genoux, qu'avant d'entrer à l'église je suis d'abord allée au presbytère, puis chez la veuve du vieux Salomon, la prier de m'envoyer un de ses gamins pour me servir de souffleur ; et comme j'attendais patiemment, assise devant mon orgue, j'entends la porte s'ouvrir, j'écoute, mais personne ne monte l'escalier, alors, à bout de patience, je me mets à appeler : « Pierre, Pierre, dépêche-toi donc, je n'ai pas de temps à perdre ! »

Aussitôt, on grimpe l'escalier quatre à quatre, mais, au lieu de Pierre, je vois, oh ! sœur Hélène, quelle horreur ! un beau grand jeune homme, tout de noir habillé, qui me dit en s'inclinant : « Vous m'avez appelé, mademoiselle ? »

J'étais si abasourdie que je bégayai je ne sais trop quelle réponse ; pourtant, il comprit que j'attendais un autre Pierre, mon souffleur.

— Je vous demande pardon, dit-il, mais en entendant mon nom j'ai cru devoir répondre.

Il allait redescendre, quand, tout à coup, il se ravisa.

— Puisque votre souffleur n'est pas là, je pourrais essayer de le remplacer ?

Naturellement, je refusai, mais impossible de lui faire entendre raison, il se met à souffler, et moi... à jouer. Enfin, le vrai Pierre arrive, alors l'autre Pierre, au lieu de s'en aller, se place à côté de moi et, sans me demander permission, me donne son avis sur tous mes morceaux, tire, repousse les registres, les essaie tous, les uns après les autres, sans cesser une seconde de parler. Aussi, je connais toute son histoire, sa mère est veuve, il vient d'achever ses études et passera quelques semaines au presbytère, chez son oncle, pour lequel il prêchera pendant ce temps, ce qui lui donne, dit-il, beaucoup d'émotion et d'appréhension ; mais je n'en crois rien du tout, du moins il n'a pas l'air timide. Enfin, comme j'allais partir, il me demanda la permission de porter mes cahiers, mais je refusai ; alors, sans insister, il m'accompagna jusqu'à la porte et me souhaita le bonsoir, et voilà, c'est tout ; mais n'est-ce pas drôle cette coïncidence de noms ?

— Très drôle, dit sœur Hélène en riant, si elle existe vraiment.

— Mais, c'est sûr, pourquoi l'aurait-il inventé ?

— Simplement pour s'amuser.

— Non, je ne crois pas, dit Petite Nell, il avait l'air de dire vrai.

— Qu'en penses-tu, Charles ? demanda sa sœur.

— Moi, fit le docteur d'un air distrait, il me serait impossible de le dire.

Et vraiment, il n'aurait su dire ce qu'il en pensait ni pourquoi cette petite aventure ne l'avait pas amusé, comme le faisaient si souvent les récits de Petite Nell.

CHAPITRE XXIV

Les jours qui suivirent furent des plus gais et des plus occupés ; sœur Hélène avait recommencé à marcher, c'est-à-dire à faire deux ou trois pas, appuyée d'une main sur une canne, de l'autre soutenue par son frère. Et, maintenant, il la portait chaque jour à la salle à manger, où elle passait son temps assise dans un fauteuil, occupée surtout à voir aller et venir Petite Nell que le bonheur rendait infatigable et d'une gaîté contagieuse.

— Sœur Hélène, je vais une dernière fois répéter mes morceaux d'orgue, mais vous me promettez de ne pas essayer de faire un seul pas.

— Bien, petite infirmière, on vous obéira ; mais que ferez-vous, ajouta-t-elle malicieusement, quand vous n'aurez plus de morceaux d'orgue à étudier ?

— Oh ! s'écria Petite Nell, dont les joues se colorèrent à mesure qu'elle parlait, je vois ce que vous pensez, et c'est très laid.

— Mais, chérie, cette si laide pensée ne me serait pas venue si vous ne m'aviez dit que votre beau chevalier ne manque pas une de vos répétitions ; et puis vous ne me cachez pas que vous trouvez non seulement qu'il est aimable, bon enfant, comme il faut, mais encore qu'il prêche comme personne au monde.

Petite Nell se mit à rire.

— Et ce n'est pas tout ; non content d'assister à vos répétitions, cet orateur hors ligne, si j'en crois le témoignage de mes yeux, préfère de beaucoup ce côté-ci du village à l'autre, et a une admiration marquée pour les jardins qui ont des allées de chèvrefeuille et de vigne sauvage.

— Oh ! pour le coup, vous êtes par trop méchante, sœur Hélène ; aussi, je ne vous dirai plus rien, plus rien du tout.

— Alors ce sera très grave.

— Mais est-il donc impossible de trouver quelqu'un beau et gentil, sans que cela tire à conséquence ?

— Certainement, ma chérie, et surtout cela ne vaut pas la peine de se fâcher ; à présent, donnez-moi votre baiser et partez, je veux finir cette chaussette en votre absence.

En disant ces mots, sœur Hélène prit son tricotage.

— Toute seule ! fit un peu plus tard la voix du docteur, en entr'ouvrant la porte.

— Oh ! pas depuis longtemps, il y a dix minutes à peine que Petite Nell m'a quittée.

— Pour aller jouer de l'orgue ?

— Naturellement, mais c'est la dernière fois, puisque le mariage de Maxime a lieu demain. Oh ! ne t'en va pas, j'ai encore une masse de choses à te dire.

— Eh bien, voyons cette masse de choses, dit-il, en s'asseyant près d'elle ; mais, d'abord, ne prends pas cette mine soucieuse.

— Je voulais te parler de ce jeune homme.

— De ce jeune homme ?

— Oh ! c'est sûr, tu as oublié ce que Petite Nell nous a raconté l'autre jour, lorsqu'elle attendait Pierre le souffleur.

— Non, je n'ai pas oublié, y a-t-il du nouveau ?

— Je ne devrais peut-être pas t'ennuyer de ces bêtises, toi qui as tant d'autres choses plus graves à penser, fit-elle, en le regardant tendrement ; car après tout ce sont des niaiseries qui n'existent peut-être que dans mon imagination. Tu sais, ajouta-t-elle, qu'il est encore ici ?

— Sans doute, puisqu'il doit prêcher une partie de l'été pour son oncle.

— Oui, mais il ne se contente pas de prêcher, entre deux il se promène beaucoup et Petite Nell ne peut pas sortir de la maison sans le trouver sur ses pas, et il paraît affectionner tout particulièrement son jeu d'orgue, car il ne manque jamais de la rejoindre lorsqu'elle étudie ses morceaux.

Il parut réfléchir.

— Est-ce tout ? dit-il enfin.

— Oui, et j'avoue que ce n'est pas grand'chose, et pourtant…

Il la regarda d'un air grave, presque inquiet.

— Oh ! ce n'est rien, dit-elle, mais j'ai quelquefois peur qu'elle ne commence à le prendre au sérieux ; d'abord, elle en a ri si gaiement, mais, tout à l'heure, comme je la taquinais, elle a été sur le point de se fâcher ; tu comprends, je n'ai peur que parce que je crains que lui ne s'amuse et n'attache pas à ses faits et gestes la même importance qu'elle pourrait y attacher.

— Nellie t'a-t-elle jamais dit qu'elle le trouvât de son goût ?

— Oh ! plus de cent fois, mais tout naturellement, comme elle l'aurait fait de n'importe qui, de toi, de moi.

Il se leva, s'approcha de la fenêtre et l'ouvrit.

— Quel beau temps ! murmura-t-il.

— Je la connais trop bien, reprit sa sœur, pour ne pas savoir que lorsque son cœur s'éveillera, ce sera pour s'attacher de toutes ses forces, de toute son âme, aussi je veux tout faire pour lui épargner un chagrin, une déception ; c'est pourquoi je voudrais que tu essaies de prendre quelques informations sur lui, sans en avoir l'air, naturellement, et si ce jeune homme est sérieux, s'il l'aime, nous devrons nous en réjouir pour elle ; il me semble qu'il ne pourrait rien lui arriver de plus heureux, et à toi ?

— Je n'y ai pas encore réfléchi.

En disant ces mots, il aspira une nouvelle bouffée d'air frais, ferma la fenêtre et revint à sa place.

— Tu n'as pas l'air content, Charles, es-tu très fatigué ?

— Un peu, ce qui n'est pas bien surprenant, ajouta-t-il en souriant ; mais que dirais-tu si je suivais le conseil d'Ella et si j'allais me reposer quelques semaines chez elle ?

Sœur Hélène posa son ouvrage, appuya sa main sur le genou de son frère et étudia tendrement son visage.

— Eh bien, dit-il enfin, qu'as-tu découvert ?

— Que tu as besoin de repos et que tu feras bien de t'en aller pour quelques semaines ; mais, auparavant, je t'en prie, tâche de prendre des informations.

— Certainement, dit-il en se levant, j'en prendrai ; du reste, je peux te rassurer dès à présent, le jeune homme en question est, paraît-il, un brave entre les braves, bien qu'il ne se soit jamais appelé Pierre et qu'il aime peut-être un peu trop à rire et à s'amuser. À côté de cela, j'entends chanter ses louanges sur tous les tons ; mais, puisque tu le désires, je m'informerai encore plus exactement.

CHAPITRE XXV

Lorsqu'il fait mauvais temps, nous nous disons pour nous consoler, et avec raison, que le beau temps reviendra, que le soleil se fera de nouveau radieux dans l'azur du ciel, que nous sentirons de nouveau ses chaudes caresses, que nous en serons bientôt tout illuminés ; mais lorsqu'il fait beau, nous essayons de nous tromper et nous ne voulons plus croire que le soleil nous voilera de nouveau sa face, que de gros nuages bien lourds intercepteront sa lumière, sa chaleur, et pleureront sur nous toutes leurs larmes ; nous ne voulons pas croire que la pluie soit nécessaire, bienfaisante, nous voulons du bonheur, rien que du bonheur et nous avons peur des larmes. Mais, heureusement pour nous, quel que soit notre désir, les beaux jours succèdent aux mauvais et les mauvais aux beaux.

Pour Petite Nell, les beaux jours, avec ses amis, n'allaient prendre fin que pour recommencer, plus beaux encore, auprès de son frère. Le rêve de sa vie allait enfin se réaliser, elle en tenait la preuve dans sa main, sur cette petite feuille de papier où n'étaient tracées que quelques lignes seulement.

Oui, elle était bien heureuse, Petite Nell, son frère avait enfin pris possession de son brevet d'ingénieur, et leur vie, cette vie à deux, après laquelle elle avait tant soupiré, allait enfin commencer. Elle était bien heureuse, et pourtant elle apprenait, en ce moment, que dans ce monde, la réalisation de notre rêve de bonheur ne s'obtient, le plus souvent, qu'au prix d'un sacrifice, et ce sacrifice, malgré sa joie, lui déchirait le cœur ; bientôt, les mois, les jours passés avec sœur Hélène, le docteur, la vieille Gritli, ne seraient plus qu'un souvenir.

— Chérie, nous voulons nous réjouir, nous voulons être raisonnables.

Mais, tout en disant ces mots, sœur Hélène se montrait très peu raisonnable, et les larmes coulaient une à une sur ses joues pâles, sans qu'elle pût les arrêter.

— Mais… c'est que je ne peux pas, non, je ne peux pas me séparer de vous, s'écria Petite Nell, qui ne cherchait plus du tout à être raisonnable ; je ne peux pas vous laisser seule, juste au moment où le docteur va partir, lui aussi, pour cette affreuse Allemagne que je déteste.

— Petite Nell, quelle sottise vous dites ; d'ailleurs vous n'êtes pas obligée de me quitter sur l'heure, il se passera peut-être un certain temps avant que Louis ait une place.

— Mais il en a déjà une en vue.

Sœur Hélène ne répondit pas tout de suite, elle raffermit d'abord sa voix.

— À présent, dit-elle, je vous laisse ; j'ai encore beaucoup de choses à préparer pour le départ de mon frère, sa malle est à peine commencée.

Elle quitta la chambre et Petite Nell demeura appuyée contre le carreau de la fenêtre, se demandant pourquoi les bonheurs d'ici-bas sont si souvent arrosés de larmes. Elle en était là de ses réflexions philosophiques, quand la porte s'ouvrit et le docteur entra.

— Hélène vient de m'apprendre le beau succès de votre frère…

Il s'arrêta court, et sa figure exprima la surprise.

— Vous pleurez, et moi qui croyais…

— C'est la pensée de quitter sœur Hélène, sanglota Petite Nell.

— Mais vous ne la quitterez pas encore.

— On a déjà proposé une place à Louis.

— N'importe, les choses ne s'arrangent pas si vite, soyez-en sûre, je vous retrouverai encore ici ; si je ne le croyais pas, je renoncerais à partir.

— Mais, je n'ose pas vous promettre…

— Au contraire, vous allez me promettre de m'écrire de suite, au cas où vous seriez obligée de quitter Hélène avant mon retour.

Petite Nell fit un signe d'assentiment et mit sa main dans celle qu'il lui tendait.

— Je vous retrouverai ici, j'en suis sûr, répéta-t-il en quittant la chambre.

Il n'avait pas dit une seule fois qu'il regrettât de la voir partir ; mais, après tout, cela lui était égal, elle-même ne regrettait que sœur Hélène, rien qu'elle, oui, rien qu'elle.

En ce moment, la porte s'ouvrit de nouveau et Gritli, un petit papier plié et cacheté à la main, entra sur la pointe des pieds.

— On vient de l'apporter pour vous, dit-elle, de chez madame Olympe.

— Pour moi ? fit Petite Nell étonnée, en se hâtant de décacheter et de lire.

— Comme c'est drôle, pourquoi m'inviter à dîner ?

Et elle descendit l'escalier et se dirigea vers la chambre, où elle savait son amie occupée à faire la malle de son frère.

— Sœur Hélène, tante Olympe m'écrit pour m'inviter à dîner,

n'est-ce pas drôle ?

— Je trouve plutôt drôle qu'elle ne l'ait pas encore fait, maintenant que Maxime est marié.

— Mais, pourquoi aujourd'hui ?

— Vous m'en demandez trop, ma chérie, je suppose qu'elle aura fait des réflexions ; mais, vous n'avez que le temps, allez vite vous habiller.

Quelques minutes plus tard, Petite Nell montait les trois degrés conduisant à la cuisine de tante Olympe, où toute la famille se trouvait réunie. Mais elle ne vit ni oncle Nestor, dont la figure barbue était absolument illuminée, ni tante Olympe, dont les pommettes saillantes étaient encore plus colorées que de coutume, ni Maxime, dont l'honnête figure était tout sourire, ni Anna Davy, dont les yeux étaient tout grands ouverts d'étonnement et d'admiration ; elle ne vit rien de tout cela, Petite Nell, parce qu'au moment où elle poussa la porte, elle fut saisie dans les bras de quelqu'un qui la serra jusqu'à l'étouffer.

— Eh bien, il paraît que vous ne vous attendiez pas à celle-là ? fit la voix d'oncle Nestor.

Petite Nell leva les yeux sur la figure rose dont les lèvres vermeilles ne cessaient de baiser ses joues.

— N'est-ce pas une jolie surprise ?

— Oh ! tante Olympe !

Ce fut tout ce qu'elle put dire.

— C'est lui qui n'a pas voulu que je t'écrive qu'il était arrivé.

— Et nous te gardons jusqu'à ce soir, Petite Nell, fit Louis, car il faut que je m'en retourne déjà demain.

— Demain, répéta-t-elle, pendant que toute joie disparaissait de son visage, ne peux-tu pas ?...

— Impossible, chérie, le devoir m'attend ; mais je te raconterai tout, peu à peu, laisse-moi d'abord te regarder ; tu as très bonne mine. Elle est devenue presque belle, n'est-ce pas, tante Olympe ?

— C'est pour que vous lui rendiez le compliment, ne voyez-vous pas ? fit oncle Nestor.

Petite Nell regarda longuement son frère.

— Tu n'as pas l'air de m'admirer, dit-il enfin.

— Tu as beaucoup maigri, répondit-elle.

— Oh ! ma chérie, c'est l'effet du travail, ça ne m'a jamais rien valu, tu sais.

— Et tu tousses encore, je crois.

— Ça, ce n'est rien, c'est toujours ce même rhume, mais je vais le guérir, j'ai un moyen.

— Lequel ?

— On te le dira en temps et lieux ; pour le moment, nous allons dîner, n'est-ce pas, tante Olympe ? j'ai une faim de loup.

Oh ! quel bon, quel délicieux dîner, quel entrain, quelle verve ! Il savait mettre tout le monde à l'aise et en gaîté, le nouvel ingénieur ; même la timide Anna se surprit, une ou deux fois, à rire tout haut des folies qu'il débitait.

Et quel après-midi, que de choses il avait à raconter ! Jamais on n'en voyait la fin. Que de projets pour l'avenir, tous plus beaux les uns que les autres ; comme les heures s'envolaient ! L'on se remit à table, la nuit vint, le ciel se couvrit, la pluie commença à tomber sans que personne y prît garde ; on faisait encore cercle autour du bel étudiant, et Petite Nell, assise à ses côtés, la tête appuyée sur son épaule, écoutait aussi, parfaitement ravie, essayant d'oublier que ce jour aurait un lendemain.

— Non, ce n'est pas possible, déjà neuf heures ! s'écria tout à coup Louis.

— Alors il faut que je parte, murmura Petite Nell, tu viens avec moi, n'est-ce pas ?

— C'est sûr, penses-tu que je veuille perdre une minute, lorsqu'on en possède si peu. Oh ! quel affreux temps ! fit-il, en entr'ouvrant la porte.

— Tu reviendras bientôt, Nellie, cria tante Olympe, debout sur le seuil.

— Oui, oui, certainement.

— Donne-moi ton parapluie, Petite Nell, je t'abriterai sous le mien, nous pourrons mieux causer.

— Je me réjouissais d'être seul avec toi, reprit-il, après un court silence, pour te demander conseil. L'on m'a offert, à moi et à deux autres de mes condisciples, une place, une place unique, avec des appointements splendides ; tu comprends, c'est une chance… comme on n'en voit pas.

— Mais il faut accepter, s'écria Petite Nell.

— Oui, oui, mais écoute, accepter c'est vite dit, il faut que nous nous engagions pour deux ans au moins.

— Qu'est-ce que cela fait, puisque la place est bonne ?

— Sans doute, seulement… c'est en Algérie.

Le cœur de Petite Nell s'arrêta de battre.

— Tu comprends, reprit Louis, je suis décidé à n'accepter que si tu y consens, c'est pourquoi je suis venu, je voulais d'abord te parler, je ne veux rien faire que tu ne l'approuves.

Et comme il ne recevait pas de réponse.

— Si j'accepte, reprit-il, je reviendrai m'établir dans deux ans, et j'aurai de l'argent en poche, ce qui n'est pas à dédaigner, tandis qu'en restant ici je peux végéter pendant des années avant d'avoir de quoi m'établir.

— Mais, j'ai un peu d'argent, fit Petite Nell d'une voix faible.

— Oui, mais qu'est-ce que cela ? D'ailleurs, qui sait quand je trouverai de l'occupation, tandis qu'en prenant patience encore un peu, nous sommes sûrs de notre affaire ; et puis, j'aurai acquis de l'expérience, peut-être un nom. Pendant ce temps, tu pourrais retourner chez tante Olympe, je crois qu'elle en serait ravie.

Enfin, ajouta-t-il, une autre raison et la meilleure de toutes, c'est que le climat de l'Algérie me guérira de ce vieux rhume que je traîne depuis plusieurs mois.

Petite Nell était vaincue, et pourtant un sanglot lui monta à la gorge.

— Nous y voici, dit Louis ; à présent, chérie, il faut se dire adieu ; si seulement cette pluie nous faisait grâce une minute.

Sans répondre, Petite Nell poussa la grille du jardin et prit la main de son frère.

— Il y a un pavillon, ici, à deux pas, murmura-t-elle… Là, nous y sommes, tu peux fermer ton parapluie.

Il obéit.

— Mais, à présent, où es-tu, Petite Nell, il fait noir ici comme dans un four ?

Pour toute réponse, deux bras entourèrent son cou et l'enlacèrent convulsivement.

— Oh ! Louis, Louis...

Ce fut tout ce qu'elle put dire.

— Chérie, je t'en supplie, ne pleure pas, ou je renonce à tout ; je ne veux pas te faire verser une seule larme. Si tu ne veux pas que j'aille en Algérie, je resterai, et si c'est la misère, tant pis, nous la partagerons.

— Non, non, je ne veux pas t'empêcher de partir, non, je ne veux pas... mais... tu sais, cela me fait, oh ! cela me fait tant de peine !

— Pauvre Petite Nell, il faut avoir du courage, il faut m'en donner, chérie, j'en ai si besoin, j'en ai si peu.

Petite Nell avait cessé de pleurer, elle voulait lui donner du courage, elle voulait l'aider, oui, même si son cœur devait éclater.

— D'ailleurs, reprit Louis, deux ans seront vite passés, et alors je reviendrai pour tout de bon et nous ne nous quitterons plus, ajouta-t-il en l'embrassant, et nous serons ensemble pour toujours, toujours, ce sera beau, n'est-ce pas ? Mais qu'as-tu, chérie, as-tu entendu quelque chose ?

— Chut... C'est le docteur, reprit-elle tout bas, il vient de passer tout près de nous. Comme il rentre tard ce soir. Ne voudrais-tu pas venir lui dire, leur dire adieu, cela leur ferait plaisir, j'en suis sûre...

— Non, non, à quoi penses-tu ; puisqu'ils ne savent pas que je suis ici, c'est tout à fait inutile.

— Mais ils le sauront, je ne pourrai pas le leur cacher et peut-être qu'ils trouveront...

— Ils trouveront ce qu'ils voudront, tu leur diras que j'étais trop triste pour faire des visites ; s'ils ne le comprennent pas, c'est qu'ils n'ont pas de cœur.

— Oh ! Louis.

— Oui, c'est vrai, ne peuvent-ils donc pas se mettre à ma place et comprendre combien il m'en coûte de me séparer de toi ?

Un sanglot lui coupa la parole.

C'en était trop pour Petite Nell ; toutes les larmes qu'elle retenait depuis un moment s'échappèrent à la fois.

Elle l'entoura de ses bras, cacha sa figure contre sa poitrine et sanglota longtemps sans contrainte.

— Chérie, murmura-t-il enfin, il faut nous dire adieu.

CHAPITRE XXVI

Quelques secondes plus tard, Petite Nell, la main sur ses yeux, comme pour les abriter de la lumière, poussait la porte du vestibule et montait rapidement l'escalier.

— Est-ce vous, Petite Nell ?

— Oh ! vous êtes ici, sans lumière, sœur Hélène ? êtes-vous déjà couchée ?

— J'ai eu ma migraine, chérie ; à peine étiez-vous partie que j'ai dû me mettre au lit, je n'y voyais plus. Mais, approchez-vous, venez me donner un baiser. Oh ! comme vos joues sont brûlantes ! J'espère que vous vous êtes amusée, puisque vous rentrez si tard, vous me raconterez tout cela demain, car, pour le moment, je n'ai plus même la force de penser.

— Oui, sœur Hélène, mais…

Elle hésita.

— Je n'ai pas encore dit adieu au docteur, il part de grand matin, n'est-ce pas ?

— Ah ! c'est vrai, j'oubliais de vous le dire, il vous a attendue très longtemps, il est même allé à votre rencontre, mais il est monté tout à l'heure me dire que je devais vous faire ses adieux, qu'il n'en pouvait plus de fatigue.

Petite Nell n'ajouta rien ; demain, quand sœur Hélène serait mieux, elle pourrait tout lui dire, son chagrin, sa cruelle déception ; pour le moment, elle devait le porter seule. Elle se glissa donc sans bruit dans sa petite chambre et commença aussitôt à se déshabiller.

Oh ! comme il lui tardait de dormir, d'oublier ; mais, ainsi qu'il arrive souvent, à peine eut-elle mis sa tête fatiguée sur son oreiller que le sommeil prit la fuite ; elle avait beau fermer les yeux, ils se rouvraient d'eux-mêmes tout grands, dans l'obscurité.

Était-ce pour la punir que Dieu la séparait encore de son frère ? Avait-elle trop pensé au chagrin de quitter ses amis ? Avait-elle oublié le bienfait pour ne voir que le sacrifice ? Mais Il savait pourtant qu'elle était prête à tout quitter pour le retenir ; oui, en cet instant, rien ne lui coûterait, elle pourrait tout abandonner sans se plaindre, joyeusement, pourvu qu'il renonçât à partir.

Mais il n'y renoncerait pas, il était décidé. Oh ! qu'allait-elle faire, qu'allait-elle devenir pendant ces deux années d'absence ? Retourner vivre chez tante Olympe ? Jamais. Rester chez sœur Hélène ? Cela n'avait plus de raison d'être. S'en aller au loin, gagner son pain ? Elle n'en avait plus envie, l'inconnu lui faisait peur ; tout lui faisait peur, et pourtant c'était la seule chose qu'elle eût à faire, le seul chemin qui lui fût tracé.

Oh ! que c'était dur, que c'était peu ce qu'elle avait rêvé ! si peu, qu'elle mit sa tête sous ses couvertures pour étouffer le bruit de ses pleurs. Si du moins elle était sûre qu'au bout de ces deux ans… mais elle n'osait plus y croire, elle avait trop attendu ; et, pendant ce temps, que de choses pouvaient arriver… qui sait même, s'il réussirait, qui sait si le climat lui conviendrait. Oh ! s'il allait tomber malade, mon Dieu ! que de soucis, que d'inquiétudes ! comment supporter cette angoisse, cette séparation ? Oh ! quelle horrible, horrible chose que la vie, comme elle en était dégoûtée, fatiguée ! si fatiguée que tout doucement, sans qu'elle s'en aperçut, le sommeil vint clore ses paupières, et elle s'endormit sans se douter que, sous le toit qui l'abritait, elle seule avait ce privilège.

Sœur Hélène n'avait encore pu trouver aucun repos ; le départ si prochain de son frère commençait à lui faire peur ; et puis, à son retour, ce serait Petite Nell qui la quitterait, encore une peine en perspective ; jamais un bonheur stable, sur cette pauvre terre, jamais rien de sûr ; ne jouir qu'en tremblant, savoir que tout finit, que la meilleure, la plus pure de nos joies prendra fin, aussi sûrement que nous-mêmes…

Mais, heureusement, que lui partait le cœur léger, joyeux, sans se douter des tristes pensées qui la tenaient éveillée.

Oh ! comme elle était contente d'avoir pu répondre gaiement à son bonsoir ; ainsi, aucune inquiétude, aucune arrière-pensée ne troublerait son sommeil ; il aurait encore une bonne nuit avant de partir, une nuit qui le reposerait du surcroît de travail des derniers jours, car il devait être terriblement fatigué pour n'avoir pas eu le courage d'attendre le retour de Petite Nell.

C'était vrai, il n'avait pas eu ce courage, et pourtant il l'avait entendue rentrer, peu d'instants après lui, et, pendant quelques secondes, il avait tenu, indécis, la poignée de sa porte, puis il l'avait abandonnée et était revenu à son fauteuil.

Oui, sa sœur avait raison, il était si fatigué qu'il n'avait plus même le courage ni le désir de partir.

Mais il en est souvent ainsi : au moment de s'accorder une jouissance, dès longtemps préparée, l'on ne se soucie plus de ce que l'on a tant désiré et l'on apprécie surtout ce qu'on va perdre.

Et pourtant, non, il n'aurait pas voulu revenir de sa décision, certainement pas, il aurait même voulu être déjà loin et regrettait de n'être pas parti plus tôt, parti avant... avant quoi ? En quoi cela le touchait-il ? En rien, assurément. N'était-elle pas libre d'aimer, d'aimer qui elle voulait ? Oh ! oui, libre comme l'air ; ce n'est pas lui, certes, qui lui contesterait ce droit ; non, il ne lui faisait qu'un reproche : pourquoi se cacher de sa sœur, de cette amie si sûre, qui l'aurait aidée, guidée, soutenue, cette amie qui lui avait donné toute sa confiance, sa tendresse, son affection ?

Pourquoi feindre avec elle, pourquoi jouer l'indifférence ? Oh ! si Hélène pouvait savoir que, ce soir même... Mais non, elle ne le saurait pas, il ne le lui dirait pas, puisqu'ils ne devaient se revoir que dans deux ans, il était bien inutile qu'il parlât, bien inutile de la chagriner. Oh ! comme son cœur saignerait si elle pouvait se douter que ces yeux bleus, si limpides, ne disaient pas toute la vérité ; comme son cœur saignerait si elle pouvait se douter que cette bouche mignonne, qui l'embrassait passionnément, à chaque instant du jour, s'était laissée... ce soir même !... Il n'acheva pas, repoussa son fauteuil, fit quelques pas et revint s'asseoir.

Eh bien, oui, cela lui faisait de la peine, quoi d'étonnant ? C'est toujours triste de s'être trompé, d'être déçu dans son attente. Comme Hélène, il avait cru à la naïveté de cette fillette, à l'innocence de ce gai sourire, à la candeur de ses yeux bleus ; et, sans le vouloir, à son insu, il lui avait fait une place dans sa vie, bien petite d'abord, par reconnaissance, en voyant sa sœur si heureuse. N'était-ce pas elle, en effet, qui, à force de tendresse et d'enthousiaste affection, lui avait rendu la jeunesse et la gaîté ? Et puis, de la gratitude, il avait passé à l'amitié, oui, à l'amitié, quoi d'étonnant encore ?

Et, comme celui qui a longtemps pris plaisir à voir scintiller une pierre précieuse, mais qui soudain découvre qu'elle est imitée, il n'en avait plus de joie, elle avait perdu sa valeur. Oh ! ce beau regard honnête, qui n'était plus tout à fait vrai...

Il tira sa montre.

— Déjà minuit.

Il se leva, jeta un coup d'œil autour de lui, s'assura qu'il laissait tout en ordre et quitta son cabinet.

Quelques heures plus tard, comme le jour commençait à poindre, il ouvrit doucement la porte de sa chambre à coucher et monta sans bruit l'escalier.

Sa sœur était éveillée.

— Chut, fit-elle à voix basse, elle dort.

Il ne répondit pas, l'embrassa à plusieurs reprises et sortit sur la pointe des pieds.

Le sommeil de Petite Nell n'avait été troublé ni par le bruit de ses pas ni par le filet de lumière qui, par l'ouverture de la porte, était venue caresser son oreiller.

CHAPITRE XXVII

Quelques jours avaient passé. Petite Nell avait raconté son chagrin, sa déception à son amie, et, comme toujours, celle-ci l'avait encouragée, consolée et il avait été convenu qu'on ne parlerait pas de départ jusqu'au retour du docteur. En attendant, l'on aurait encore de bons jours et des lettres, pour se consoler des absents.

Mais les jours défilaient les uns après les autres, sans apporter à Petite Nell l'épître promise par son frère sur la seule carte postale qu'il lui eût adressée.

Par contre, elles arrivaient si volumineuses, pour sœur Hélène, qu'elle ne pouvait s'empêcher de regarder avec surprise les innombrables feuilles que celle-ci tirait soigneusement de leur enveloppe et lisait plus soigneusement encore ; non, jamais elle n'aurait cru qu'on pouvait écrire de pareilles lettres ; huit, dix, douze pages ; toutes celles de Louis réunies n'en auraient pas fait une semblable.

Que pouvait-il donc lui raconter qui l'intéressât au point d'en oublier la présence de deux yeux interrogateurs, qui suivaient curieusement sur son visage chaque impression gaie, triste ou émue qu'ils y voyaient passer ?

— S'amuse-t-il beaucoup ? demanda-t-elle, un jour que l'épître lui semblait plus longue encore que d'ordinaire.

CHAPITRE XXVIII

Sœur Hélène releva la tête.

— S'il s'amuse, pourquoi ?

— C'est que vous n'avez pas cessé de sourire, du commencement à la fin de votre lettre.

— Ah ! c'est ainsi que vous m'épiez ? Je le lui écrirai ; mais, s'il ne s'amuse pas, comme vous dites, il a, je l'espère, beaucoup de plaisir, surtout à revoir nos amis, nos connaissances ; il ne me parle guère que d'eux et cela me rappelle une masse de souvenirs, les uns très gais, les autres moins.

Elle poussa un soupir, auquel Petite Nell fit tristement écho.

— N'est-ce pas étrange, sœur Hélène, que je ne reçoive aucune nouvelle ? Il me promettait pourtant une longue lettre, dans cette carte qu'il m'a envoyée au moment de quitter Marseille, il y a plus de quinze jours.

— Il a peut-être dû se mettre tout de suite à l'ouvrage et n'a pas eu le temps d'écrire.

— Peut-être, mais c'est bien affreux de passer sa vie à attendre, ne trouvez-vous pas ? Mais non, vous ne pouvez pas le savoir, vous recevez plus de lettres que vous n'en attendez ; tout à l'heure, quand le facteur est venu, vous avez dit : « Déjà ! » d'un air tout surpris ; moi, je ne dis jamais : « déjà ! »

— Pauvre petite ! fit sœur Hélène, en caressant la jolie figure attristée, qui se levait vers la sienne.

— Je devrais y être habituée, reprit-elle, mais c'est plus fort que moi, je ne peux pas ; si seulement j'étais sûre qu'il est débarrassé de son rhume, ou du moins qu'il n'augmente pas…

— Pourquoi vous faire de tels soucis, chérie ? c'est peu raisonnable, puisqu'il s'est toujours bien porté.

— Mais, quand je l'ai vu, cette dernière fois, chez tante Olympe, il toussait encore beaucoup, et il avait maigri.

— Parce que, il vous l'a dit lui-même, il venait de travailler pour la première fois de sa vie ; ce qui ne l'empêchait pas d'avoir très bon visage et d'être plus beau que jamais, c'est vous qui me l'avez raconté.

Petite Nell sourit.

— C'est vrai, dit-elle.

— Et puis, vous savez : point de nouvelles, bonnes nouvelles ; s'il était malade, vous le sauriez déjà.

— Vous croyez ?

— J'en suis sûre.

Et, sur cette assurance, sœur Hélène reprit sa lecture interrompue.

Et une nouvelle semaine passa, au bout de laquelle la vieille Gritli arriva enfin, triomphante, deux lettres à la main.

— Ah ! cette fois, je ne suis pas seule privilégiée, il y en a une pour vous, Petite Nell.

— Enfin !...

Elle la prit et, d'une main fébrile, déchira l'enveloppe qui retenait les lignes qu'elle était impatiente de dévorer ; puis il y eut un profond silence, et ce fut sœur Hélène qui, la première, releva la tête.

Petite Nell était encore assise à la même place, mais elle ne lisait plus ; sa lettre reposait tout ouverte sur ses genoux, autour desquels elle avait joint ses deux mains. La tête baissée, le regard fixe, les lèvres entr'ouvertes, elle ne semblait ni voir ni entendre ce qui se passait autour d'elle.

Le cœur de son amie se mit à battre.

— Petite Nell, n'êtes-vous pas contente ? que vous dit-il, chérie ?

Elle tourna lentement la tête, ses lèvres décolorées remuèrent.

— Il est malade, le climat ne lui convient pas, il tousse davantage et... et il a une douleur, un point au côté, qui l'empêche de respirer, de parler, de faire quoi que ce soit ; malgré cela, il doit travailler, il ne peut pas faire autrement, et personne... personne ne le soigne.

Sa voix mourut dans un sanglot.

Oh ! les mauvais, les terribles jours qui suivirent ! C'en était fini de toute joie, de tout repos ; l'angoisse qui étreignait le cœur de Petite Nell envahissait peu à peu celui de sœur Hélène. Oh ! ces grands yeux, dévorés d'inquiétude, qui la suivaient de leur regard, comme le mendiant qui attend l'aumône qui va l'apaiser, lui rendre l'espoir. Et elle n'osait pas lui faire cette aumône, elle avait peur, peur de dire trop, peur de la tromper… Elle ne pouvait faire qu'une chose, prier avec et pour la pauvre enfant, mais cela du moins elle le faisait de toutes ses forces, de toute son âme, comme seuls peuvent le faire ceux qui connaissent la souffrance, et qui savent que pour la calmer il n'est qu'un remède, un seul.

Oh ! comme Petite Nell les écoutait les prières de son amie, et comme elle s'en souvint plus tard, comme elle comprit, un jour, d'où lui était venue la force et l'apaisement, alors qu'elle traversait la fournaise !

En attendant, les heures se traînaient démesurément, les jours ne voulaient pas finir et encore moins paraître.

Avec quelle fiévreuse agitation elle s'habillait chaque matin, puis, l'oreille tendue, le regard anxieux, elle suivait l'aiguille de la pendule et, l'heure venue, allait attendre le facteur, à la porte du jardin, pour remonter bientôt, les mains vides, dans sa petite chambre.

— Sœur Hélène.

— Mon enfant.

— Je voudrais beaucoup partir.

Les doux yeux bleus se levaient suppliants sur ceux qui la regardaient pleins de compassion.

— J'ai peur qu'il ne soit plus malade.

— Mais, chérie, il n'y a pas encore une semaine qu'il vous a écrit, et, en admettant qu'il vous ait répondu de suite, vous pourriez à peine avoir une lettre aujourd'hui.

Petite Nell ne répondit pas, la porte venait de s'ouvrir et la vieille bonne lui tendait ce qu'elle avait tant désiré et ce qu'elle avait tout à coup si peur de recevoir.

Très lentement, cette fois, avec des mains qui tremblaient convulsivement, elle tira de son enveloppe un mince carré de carton, s'approcha de la fenêtre et se retourna presque aussitôt.

— Il est plus mal, il est obligé de revenir.

Sœur Hélène pâlit.

— Est-ce tout ce qu'il dit ?

— Oui, tout.

Elle lui tendit la carte et allait quitter la chambre, quand un pas se fit entendre dans le corridor ; au même instant la porte s'ouvrit et elle se trouva en face d'oncle Nestor.

— Oh ! s'écria-t-elle, sans même songer à lui souhaiter le bonjour, avez-vous reçu des nouvelles de Louis, oncle Nestor ?

— Tante Olympe vient de recevoir ceci, répondit-il de sa grosse voix rauque.

Et, refusant d'un geste le siège que lui offrait sœur Hélène, il tira de sa poche l'enveloppe jaune que chacun sait.

Petite Nell prit le télégramme, le lut et le passa à son amie ; elle ne tremblait plus, mais sa petite figure blanche était un peu rigide.

— Il est à Marseille, il attend que je vienne le chercher ; j'irai, je partirai encore aujourd'hui, oncle Nestor.

— Maxime viendra vous prendre avec le char, et vous pourrez lui demander toutes les directions nécessaires pour votre voyage ; il s'est promené par là-bas assez longtemps avec sa femme pour s'y entendre. Et voici ce que tante Olympe m'a dit de vous remettre, ajouta-t-il, en posant un petit paquet sur la table.

— Merci, oncle Nestor, mais je n'en ai pas besoin, j'ai assez d'argent, je crois.

— Alors, ce sera pour Louis ; tante Olympe lui fait dire… hem, que, sa chambre est prête, et que… nous l'attendons.

— Merci, fit Petite Nell d'une voix étouffée, je le lui dirai, merci, oncle Nestor.

Elle lui tendit la main.

— Ça ne vaut pas la peine, dit-il, en la prenant, mais… si… je crois que je n'ai pas toujours été très gentil, ajouta-t-il brusquement.

— Oh ! ce n'est rien, répondit Petite Nell, en levant vers lui sa douloureuse figure.

Oncle Nestor ouvrit la bouche, mais ce fut peine perdue, rien ne voulut sortir, seulement deux larmes, deux vraies, glissèrent en zig-zag tout le long de sa barbe embroussaillée.

La minute d'après, sans pleurer, sans gémir, Petite Nell faisait ses préparatifs de départ, aidée de son amie, qui la suivait d'un regard inquiet, et qui aurait préféré, à ce calme étrange, les larmes dont elle était d'habitude si peu avare ; mais, pour le moment, Petite Nell n'avait point de larmes.

— Qu'allez-vous faire, chérie ? demanda tout à coup sœur Hélène, en la voyant s'asseoir à sa table et ouvrir son buvard.

— J'ai promis au docteur de lui écrire si je devais vous quitter avant son retour, répondit Petite Nell.

— Oh ! non, vous ne le ferez pas, il ne faut pas troubler ses derniers jours de vacances ; s'il savait nos inquiétudes, il n'aurait plus aucun plaisir.

— Mais, je lui ai promis…

— Cela ne fait rien, il saura que c'est moi qui vous ai empêché de tenir votre promesse ; d'ailleurs, vous ne me quittez pas, nous partons ensemble.

— Ensemble ? non, non, c'est impossible, sœur Hélène, vous n'êtes pas encore assez bien ; et puis…

— C'est égal, chérie, même si je ne vous suis pas de très grande utilité, je préfère vous accompagner.

— Non, non, cela ne se peut pas, s'écria Petite Nell, je vous assure, il vaut mieux que je parte seule ; vous savez, ajouta-t-elle très agitée, je crois que Louis, oui, j'en suis sûre, préférera que je sois seule pour le soigner ; je le connais, il ne voudra que moi auprès de lui.

Sœur Hélène ne répondit pas.

— Oh ! je vous en prie, ne soyez pas fâchée, vous comprenez…

— Oui, chérie, je comprends… mais il faut que vous me promettiez de m'appeler de suite en cas de besoin, même si Louis…

— Je vous le promets, sœur Hélène.

— À présent, nous devons descendre ; Maxime ne tardera pas à venir, et il faut que vous preniez quelque chose avant de partir.

Petite Nell secoua la tête.

— C'est inutile, je ne pourrais pas ; du reste, voici le char, j'entends le bruit des roues.

Elle s'habilla à la hâte, se dirigea vers la porte, puis, tout à coup revint sur ses pas.

— Oh ! sœur Hélène ! sœur Hélène…

— Ma pauvre, pauvre petite…

CHAPITRE XXVIII

Onze heures.

Sœur Hélène releva la tête pour écouter, posa son livre et s'approcha de la fenêtre.

Quelle nuit !

De l'azur profond du ciel la lune souriait à la terre, illuminant tout ce que son regard embrassait, chaque maisonnette, chaque arbrisseau, chaque buisson, baisant longuement la façade de l'église, s'attardant sur la route blanche et unie, où aucun piéton, aucun couple joyeusement enlacé ne venait lui rendre hommage ; obligeant le plus humble bosquet, le banc le plus écarté, la plus timide retraite à lui révéler sa présence et son secret, se glissant, se faufilant au travers des volets disjoints, des portes mal closes, enveloppant, dans une même caresse lumineuse, la demeure du riche et celle du pauvre. Longtemps, son doux regard s'arrêta sur la figure que sœur Hélène tenait levée vers le ciel, puis elle la baisa au front et, radieuse, poursuivit sa course.

L'on n'entendait rien, tout dormait au village, elle seule veillait, elle seule attendait…

— L'heure est passée depuis longtemps, il devrait être là… pourvu qu'aucun accident…

Mais… là-bas, sur la route blanche… non, ce n'est pas une illusion, un point noir a paru, il grossit, il s'approche ; cette fois elle en est sûre, elle entend le bruit des roues, c'est lui, c'est bien lui ; dans quelques instants il sera là, elle le verra, elle l'entendra ; oh ! que ce sera bon, après ce temps d'absence et ces jours de solitude !

— Oui, dans quelques minutes, et il aura grand faim peut-être ; il faut que j'aille voir si le souper, préparé par Gritli, n'a pas trop souffert de cette longue attente.

Pendant ce temps, le véhicule continuait à avancer. Déjà il a laissé le village derrière lui, le village où tout dort, où tout est paisible ; c'est bon signe, à la campagne : les fenêtres éclairées pendant la nuit ne parlent guère que de souffrance, de peine, d'agonie.

Enfin, voici le jardin et la maison, qui se détache à peine de son entourage, tant sa robe de verdure est épaisse et fraîche.

Le char s'est arrêté, quelqu'un en est descendu, a poussé la grille du jardin et arrive au haut de l'escalier, en même temps que sœur Hélène.

— Charles, c'est toi !

— Si c'est moi !

Il n'y avait plus à en douter, puisqu'elle était dans ses bras, recevant son tendre, son joyeux baiser.

— Comme c'est bon de se retrouver, n'est-ce pas ? Cela vaudrait presque la peine de se séparer pour éprouver comme c'est délicieux de rentrer chez soi !

Tout en disant ces mots, le docteur précédait gaiment sa sœur dans la salle à manger.

— Tu as faim, n'est-ce pas ? Je vais vite chercher ton souper, il est prêt, Gritli y a mis tous ses soins.

— Merci, c'est vraiment inutile, je n'ai besoin que d'une chose, mon lit.

Et son regard faisait pour la deuxième ou la troisième fois l'inspection de la chambre, comme s'il s'attendait... mais à quoi pouvait-il s'attendre ?

— À présent, il faut que je te voie, dit sa sœur, en l'attirant près de la table ; je ne sais pas si je me trompe, mais il me semble que tu n'as pas bonne mine.

— Quelle sottise !

Elle ne répondit pas, mais éleva la lampe à la hauteur de cette chère figure qu'elle n'avait pas vue de deux longs mois.

C'était bien lui, c'était ces mêmes yeux si doux et si pénétrants tout à la fois, ces mêmes beaux sourcils rapprochés par ce même pli douloureux qui ne s'effaçait que rarement, c'était bien lui et pourtant elle continuait à le regarder d'un air grave, presque inquiet.

Il sourit.

— Que vois-tu de si affreux, chérie ; ai-je beaucoup vieilli, enlaidi, que tu me regardes si longtemps et d'un air si mécontent ?

— Es-tu tout à fait bien, Charles ?

— Certainement.

— Tu n'as pas été malade ?

— Mais non, pourquoi ?

— Tes joues sont creuses, tes yeux fatigués…

— Eh bien ! cela prouve que j'avais besoin de rentrer chez moi ; du reste, si tu t'imagines que tu as bonne mine…

— Oh ! moi, c'est différent. Maintenant, viens t'asseoir, tu dois manger quelque chose, sinon Gritli sera offensée.

Et elle se mit à le servir, tout en l'observant à la dérobée.

Oui, il avait maigri, pâli, il avait l'air fatigué, mais peut-être, après tout, n'était-ce que la fatigue du voyage ; peut-être aussi que cette vie agitée, errante, des deux derniers mois, ne l'avait pas aussi bien reposé qu'ils l'avaient cru tous les deux ; il avait dû voir tant de monde, tant de choses, faire et recevoir tant de visites, dans l'espace de si peu de temps… oui, ce devait être cela. Le plaisir fatigue quelquefois plus encore que le travail… du moins on le dit.

— Oh ! tu allumes déjà ton cigare, mais tu n'as presque rien mangé.

— Je n'ai pas grand'faim, je crois que je veux suivre l'exemple, de Nellie et aller me coucher, ajouta-t-il, en se laissant tomber sur le sofa.

— Petite Nell ! Oh ! qui sait si elle est couchée…

Il se retourna si brusquement qu'elle tressaillit.

— C'est vrai que tu ne sais rien encore, ajouta-t-elle ; elle n'est plus ici, elle est allée rejoindre son frère ; mais je te raconterai cela demain, tout au long, tu es trop fatigué ce soir pour rien entendre de plus.

Et, comme il avait mis la main sur ses yeux, elle se leva pour abaisser le capuchon de la lampe.

— Tu n'en peux plus, dit-elle, en revenant s'asseoir près de lui, il faut aller te reposer.

Il ne répondit pas, elle avait raison, il n'en pouvait plus ; la tête lui tournait même si fort que, d'une main, il se cramponnait au coussin du sofa, et de l'autre broyait la cigarette qu'il venait de commencer.

Mon Dieu, que lui arrivait-il ! était-ce la fatigue, était-ce… était-ce…

Il y eut un long silence, pendant lequel ils demeurèrent tous deux parfaitement tranquilles.

— Pourquoi, Hélène ? murmura-t-il enfin.

— Pourquoi quoi, mon chéri ? Je crois que tu rêves déjà.

Il fit un geste d'impatience ; décidément les sœurs les plus tendres ne sont pas toujours perspicaces.

— Je te demandais, fit-il, en se levant et en allumant une nouvelle cigarette, pourquoi Nellie… était partie.

— Pour aller soigner son frère, qui est très malade ; tu comprends, je ne t'en ai rien écrit pour ne pas t'inquiéter, je ne voulais pas gâter la fin de ton séjour, je savais que si tu pouvais soupçonner nos tourments, tu n'aurais plus eu le moindre plaisir, ajouta-t-elle, en suivant des yeux sa promenade.

— Pauvre Petite Nell, ses chagrins ont commencé la veille de ton départ ; tu te souviens peut-être que sa tante l'avait invitée à dîner ce jour-là ?

Oui, il s'en souvenait, mais il ne le dit pas.

— Et bien, son frère venait d'arriver et c'était pour lui en faire la surprise qu'on l'avait fait chercher ; pauvre petite, sa joie ne fut pas de longue durée, le même soir, en l'accompagnant ici… Mais… qu'as-tu Charles… as-tu mal ?

— Moi, pas du tout, quelle idée ! fit-il, en s'adossant au mur.

— Donc, le même soir, en l'accompagnant ici, il lui parla de son intention de partir pour l'Algérie, où on lui avait offert une place, mais à la condition qu'il s'engageât pour deux ans au moins. Oh ! comme Petite Nell était désolée en me racontant tout cela, le lendemain matin, quelques heures après ton départ. Et nous, qui ne comprenions pas ce qui la retenait si longtemps chez sa tante ; nous ne nous doutions guère qu'elle était là, tout près, dans le pavillon, où tu aurais pu les voir quand tu es allé à sa rencontre, si la nuit n'avait pas été aussi sombre, car ils y sont restés très longtemps avant de se dire adieu.

Elle se tut, et lui n'ajouta rien, non, pas un mot, pas un seul ; il resta immobile, la tête un peu penchée, comme s'il réfléchissait ou écoutait encore.

— Tu vois, d'ici, venir la fin, reprit sa sœur d'une voix qu'elle essayait de raffermir ; le climat de l'Algérie, au lieu de lui faire du bien, n'a fait qu'aggraver un mauvais rhume dont il se plaignait depuis quelque temps ; bref, au bout de deux ou trois semaines, le pauvre garçon est tombé tout à fait malade, si malade qu'il a dû revenir ; mais, arrivé à Marseille, il n'a pu continuer son voyage et a télégraphié pour qu'on lui envoyât sa sœur ; depuis lors…

— Tu ne l'as pourtant pas laissée partir seule ! interrompit brusquement le docteur, en se rapprochant du sofa.

— Je voulais l'accompagner, elle a refusé.

— Pour quelles raisons, te l'a-t-elle dit ?

— Parce qu'elle savait que son frère n'avait jamais pu me souffrir, répondit tristement sœur Hélène ; mais elle ne me l'a pas dit, je l'ai compris, elle était sûre qu'il ne voudrait qu'elle auprès de lui et pour le soigner… Oh ! cela me rappelle qu'au moment de partir elle voulait encore t'écrire, elle disait te l'avoir promis, mais je l'ai empêchée de le faire, naturellement.

Le docteur avait détourné la tête.

— Et depuis lors, fit-il, quelles nouvelles as-tu reçues ?

— Quand elle est arrivée, il venait d'avoir une hémorragie, mais il paraissait plutôt soulagé, et maintenant ils attendent qu'il soit assez fort pour se remettre en route.

— Il me semble pourtant que tu aurais dû l'accompagner, Hélène ; à ta place, je lui aurais fait comprendre…

— Non, non, à ma place tu aurais fait comme moi.

Il n'ajouta rien ; les bras croisés, le regard perdu dans le vague, il semblait réfléchir.

— Tu ne t'attendais pas à de si tristes nouvelles, fit-elle, en levant sur lui un regard compatissant ; j'aurais voulu…

Elle s'arrêta. Était-ce une illusion, était-ce l'effet de la lumière, la douloureuse contraction de ses sourcils avait disparu et… non, ce n'était pas possible – il lui sembla que toute sa figure rayonnait de la joie la plus profonde, la plus intense…

— Que dirais-tu, Hélène, fit-il lentement, le regard toujours dans le vague, si je te quittais de nouveau pour aller à son… à leur aide ; dis, chérie, qu'en penserais-tu ? ajouta-t-il, en se penchant vers elle.

— Ce que je penserais ? Oh ! Charles, ce que je sais déjà, c'est que tu es le meilleur des hommes ; c'est tout ce que je désirais, mais je n'osais pas te le demander.

Maintenant elle comprenait, elle savait ce qui faisait ainsi rayonner sa figure, la joie du sacrifice, la joie de secourir les malheureux, les souffrants. Ah ! elle ne se trompait pas, elle l'avait bien nommé, le meilleur des hommes...

Et, comme elle levait sur lui ses beaux yeux tout brillants de tendresse et d'admiration, il se détourna d'un air un peu embarrassé ; décidément, sa sœur n'y voyait pas très clair.

CHAPITRE XXIX

— Petite Nell, j'ai froid.

— Froid, mon chéri, par une chaleur pareille ; si tu veux, je fermerai la fenêtre.

— Oh ! non, ce serait encore pis, nous n'aurions plus d'air.

— C'est vrai, que faire alors ?

— Viens vers moi, chérie, cela me réchauffera.

Elle s'approcha du lit et prit dans les siennes les mains glacées de son frère.

Il sourit.

— Cela me fait du bien, dit-il, tu me fais toujours du bien, tandis que moi...

— Ne parle pas, Louis, je t'en prie, sois tout à fait tranquille, tu sais que le docteur...

— Qu'est-ce que cela me fait ? interrompit-il avec impatience, je veux parler, il faut que je te parle, ajouta-t-il, en tournant vers sa sœur deux yeux ardents ; c'est vrai, jamais je ne t'ai fait de bien, moi.

— Oh ! mon chéri, comment peux-tu dire cela ?

— Je le dis, parce que je le pense ; je ne t'ai jamais fait de bien. Oh ! Petite Nell, je voudrais vivre, je voudrais me guérir pour... pour changer, mais je crois que je ne peux plus.

Il la regarda d'un air troublé, et elle se pencha pour l'embrasser et essuyer la sueur qui perlait sur son front.

— Je n'aurai pas même été un ouvrier de la onzième heure, pas même cela ; je m'en irai sans avoir rien fait, ni pour toi, ni pour personne, ni pour Dieu.

— Oh ! Louis, mon chéri, tu sais bien comme tu m'as rendue heureuse.

Il sourit tristement.

— Tu n'es pas difficile ; mais si je guéris, ajouta-t-il, le regard brillant d'espoir, tu ne me reconnaîtras plus, Petite Nell.

Elle l'embrassa de nouveau.

— Je crois pourtant que j'ai trop attendu, reprit-il, j'aurais dû suivre les conseils de maman et travailler quand je le pouvais ; à présent je n'ai plus la force, je ne peux plus…

Il ferma les yeux, et Petite Nell resta près de lui sans faire un mouvement, regardant, comme en rêve, cette belle tête qu'elle avait toujours tant admirée et qu'elle trouvait plus belle encore, d'une beauté plus grave, plus majestueuse, plus insaisissable.

— Mon Dieu ! était-ce vrai ? était-il aussi malade qu'on le disait, si malade, que non seulement il fallait craindre pour ses jours, mais que ses jours eux-mêmes, le médecin venait de le lui dire, étaient tous comptés ?…

Était-ce vrai, allait-elle disparaître, cette ravissante figure aux traits presque enfantins ? allait-il s'éteindre, ce beau regard joyeux, allait-elle se fermer, cette bouche rieuse, qui aimait tant à parler, qui lui avait dit tant de gentilles choses, qui l'avait tant amusée, tant fait rire ?…

Mon Dieu, était-ce bien vrai ?

Un nuage passa sur ses yeux, et ses faibles mains se joignirent si fortement qu'elles se meurtrirent l'une l'autre.

Ah ! c'est qu'il est affreux, navrant ce spectacle : la jeunesse, la vie, la beauté aux prises avec la maladie, aux prises avec la mort !

Pourtant, elle ne pleurait pas, elle ne criait pas, elle ne se débattait pas.

Oh ! comme c'était étrange ce calme, cette force qui lui était venue, toute seule, à l'heure du besoin, avant même qu'elle l'eût demandée ! Elle ne se reconnaissait plus, elle, si craintive, si prompte à s'alarmer ; elle avait trouvé son frère prêt à défaillir et elle n'avait pas tremblé, elle avait entendu la sentence du médecin et elle n'avait pas pleuré. Elle restait là, tranquille, sachant que l'heure approchait, l'heure qui devait lui enlever toute joie, tout espoir, qui devait briser son cœur, sa vie, et elle ne se débattait pas, elle ne luttait plus, elle attendait...

La nuit était venue sans amener de rafraîchissement, l'air était lourd, embrasé ; le malade s'agitait sur sa couche, ses grands yeux ardents, pleins d'anxiété, se tournaient sans cesse vers sa sœur.

— Petite Nell, à présent, je regrette que tu sois seule, j'aurais dû te laisser écrire...

— Non, non, mon chéri, nous sommes très bien ainsi, rien que nous deux.

Il ne répondit pas et fit un effort pour aspirer un peu d'air.

— Nous aurons de l'orage, tu seras mieux après ; le ciel est déjà tout noir.

Il tourna ses regards vers la fenêtre et poussa un soupir.

— Je voudrais tant dormir, Petite Nell.

Elle arrangea ses oreillers, se plaça un peu en arrière et ne fit plus un mouvement.

L'obscurité devint complète, peu à peu chaque meuble, chaque objet rentrait dans l'ombre et disparaissait à sa vue, même la tête brune de son frère ne se détachait plus que faiblement sur la blancheur de l'oreiller, mais elle entendait sa respiration courte, oppressée...

Oh ! s'il pouvait dormir, si l'orage qui s'approchait pouvait rafraîchir l'air, cela lui ferait tant de bien ! Enfin, voici une bouffée d'air frais.

Au même instant, le roulement lointain du tonnerre se fit entendre et un éclair bleuâtre illumina la chambre. Le malade s'agita de nouveau.

— Petite Nell, je ne peux pas dormir, allume la lampe.

Elle obéit et vint s'agenouiller près de son lit, prit ses mains dans les siennes et leva vers lui deux yeux dans lesquels toute son âme avait passé.

Oh ! comme il était beau, trop beau, plus beau que jamais !

Mais alors, pourquoi eût-elle un frisson, pourquoi ses yeux restèrent-ils comme rivés sur les siens, pourquoi sa pauvre petite figure devint-elle blanche comme de la cire, pourquoi eût-elle l'air si épouvanté, si désespéré ?... Ah ! c'est que sur cette figure aimée, elle voyait passer quelque chose d'étrange, quelque chose qu'elle ne pouvait définir, qu'elle n'avait vu qu'une fois, une seule fois dans sa vie, sur le doux visage de sa mère.

— Prions, murmura-t-il, veux-tu, Petite Nell ?

— Prier ? Oh ! oui.

Et, ses mains gardant toujours celles de son frère, son regard toujours attaché sur le sien, elle éleva sa voix, sans crainte, sans faiblesse, sans timidité. Oh ! comme elle pria ! toute son âme, toute sa vie était dans sa prière. Comme elle pria leur Céleste Ami de venir chercher celui qu'elle aimait et de l'emporter, bien doucement, sans lui faire mal, loin de la terre, loin de la souffrance, loin des deuils et de le prendre avec lui, chez lui, dans le pays de la lumière et du bonheur !

Et, pendant qu'il l'écoutait, la figure du malade devenait calme, sereine, joyeuse.

— Embrasse-moi, chérie.

Elle l'entoura de ses bras et le couvrit de baisers.

— Tu ne seras pas triste, Petite Nell ; tu te diras « je lui ai toujours, toujours, toujours fait du bien, je lui ai fait le plus grand, le seul bien »...

Il s'arrêta brusquement, comme suffoqué, toute sa belle figure se contracta, un tremblement convulsif agita ses lèvres, ses yeux se dilatèrent, le souffle fut comme suspendu, puis il poussa un profond, profond soupir... Ce fut tout.

— Oh ! Louis, Louis, qu'as-tu ? Dis, mon chéri, dis, mon bien-aimé, es-tu plus mal ? réponds-moi ! Oh ! ne me regarde pas ainsi, j'ai peur, j'ai peur...

Mais il ne répondit pas, il resta à la même place, sans faire un mouvement, les yeux tout grands ouverts, la bouche grave, le front pâle, si pâle qu'il en était lumineux.

— Non, ce n'est pas vrai, ce n'est pas vrai, murmura-t-elle en caressant ses jolis cheveux, je sais qu'il va se réveiller, il peut se guérir encore, il veut changer, il veut travailler ; oh ! Louis, mon chéri, n'est-ce pas que c'est vrai ?

Elle l'entoura de ses bras. C'est toi, c'est toi qui ne m'as fait que du bien ; tu ne veux pas me laisser, me laisser toute seule ? Oh ! mon Dieu, est-ce vrai, suis-je seule, toute seule au monde !...

Non, pas toute seule. En cet instant, du seuil de la porte entr'ouverte un regard compatissant, un regard ami venait de s'arrêter sur elle.

La seconde d'après, une main se posait sur son épaule et une voix murmurait son nom.

Petite Nell poussa un cri.

— Oh ! je vous ai tant désiré, je vous ai tant désiré ! Mais à présent il est mort, oui, il est mort, ajouta-t-elle, en levant sur le docteur sa petite figure navrée.

Il se détourna brusquement.

— Si Hélène avait su..., murmura-t-il.

— Sœur Hélène !

La voix de Petite Nell mourut dans un sanglot.

— Oh ! emmenez-moi vers elle, dites, voulez-vous ? Oh ! je vous en prie, emmenez-moi vers elle.

CHAPITRE XXX

Il l'avait ramenée, et elle avait mis ses bras autour du cou de son amie et lui avait dit de sa voix brisée par le chagrin : — Je n'ai plus que vous, plus que vous, sœur Hélène.

Et celle-ci l'avait longtemps gardée sur son cœur, sans rien dire.

Et puis... la vie avait repris son cours, la vie d'autrefois, la vie à trois des jours passés, oui, des jours passés qui ne devaient plus revenir, elle le sentait, Petite Nell ; elle apprenait maintenant cette dure leçon, se coucher et se réveiller sans perspective de bonheur.

Le rêve de toute sa vie avait pris fin, emportant avec lui l'objet de sa tendresse, de sa sollicitude, de ses craintes continuelles, parfois même de ses cruelles anxiétés.

Désormais, elle ne devait vivre, agir, travailler que pour elle, n'avoir qu'elle en vue, ne s'inquiéter que d'elle, ne penser qu'à elle.

Ce n'est pas si difficile, semble-t-il ; cela dépend des natures ; pour

Petite Nell c'était l'impossible. Depuis tant d'années, elle ne vivait, n'agissait, n'épargnait que pour ce frère, auquel elle voulait consacrer toute sa vie.

Et, maintenant, elle n'avait pas même la consolation de faire quelque chose pour cette amie qui lui avait fait place dans son cœur comme à son foyer, il fallait la quitter, les quitter, eux aussi. Elle n'avait plus de raison pour prolonger son séjour auprès d'eux. Tante Olympe le lui avait dit et elle le comprenait : elle devait maintenant s'en aller gagner son pain par son travail, elle devait économiser pour l'avenir, pour ses vieux jours.

Mon Dieu ! que c'était étrange et nouveau de raisonner ainsi, mais il le fallait et elle essayait de le faire, bien que sœur Hélène en eût tant de chagrin.

Et maintenant, elle attendait ; chaque jour pouvait lui apporter la nouvelle de son départ, mais elle ne s'en irait pas sans leur dire, si elle le pouvait… qu'elle les aimait, oh ! comme elle les aimait ! et que jamais elle n'oublierait ce qu'ils avaient été, ce qu'ils avaient fait pour elle, non seulement sœur Hélène, mais lui, lui aussi…, bien que, depuis leur retour, il fût redevenu le même qu'autrefois, non, beaucoup plus sombre et plus silencieux encore, uniquement occupé de ses visites, de ses malades, comme s'il était dévoré du besoin d'agir, après ce temps de repos, s'accordant à peine le loisir d'un bout de causerie avec sa sœur, restant plus que jamais enfermé dans sa chambre, à lire ou à étudier ; n'importe, elle n'oublierait pas ce qu'il avait fait pour elle.

Et pourtant, on lui avait dit que les hommes étaient égoïstes, et elle l'avait cru, parce qu'il lui avait semblé que c'était vrai, mais il avait prouvé le contraire, et elle s'en souviendrait toujours, toujours ; jamais elle n'oublierait les heures passées auprès du lit de son frère, jamais elle n'oublierait les paroles qu'il avait dites, la prière qu'il avait faite.

Non, sœur Hélène elle-même n'aurait pu faire davantage, n'aurait pu être plus attentive, plus dévouée : ne lui permettant de s'occuper d'aucune chose pénible, d'aucun de ces tristes devoirs qui suivent le départ de nos bien-aimés, se chargeant de tout, faisant tout comme si cela allait de soi, sans jamais se plaindre ni avoir l'air fatigué, l'encourageant, la consolant, cherchant à détourner ses pensées de la terre, lui faisant voir celui qu'elle pleurait au nombre des bienheureux, faisant, oui, faisant des jours les plus tristes de sa vie des jours bénis et paisibles.

Oh ! non, elle n'oublierait pas, et quand elle serait loin d'eux, le souvenir lui resterait et l'aiderait à supporter cette nouvelle vie, dont elle ne savait rien encore et dont elle n'osait rien attendre de bon.

C'était le cœur tout plein de ces pensées que Petite Nell s'acheminait vers la demeure de tante Olympe.

— Ah ! te voilà, ma fille ; je pensais justement à toi, si tu n'étais pas venue, je serais allée te trouver.

En disant ces mots, la brave tante précéda sa nièce dans la chambre contiguë à sa cuisine.

— Il est arrivé des lettres en réponse aux nôtres, ajouta-t-elle, en cherchant dans sa corbeille à ouvrage ; et je crois qu'il y a quelque chose qui te conviendra, c'est dans un pensionnat, en Angleterre.

Le cœur de Petite Nell défaillit.

— Oh ! tante Olympe, j'aimerais mieux une famille, auprès de petits enfants.

— Pourquoi ça, ma fille ? Je crois que tu as tort ; tiens, la voici.

Petite Nell lut et replia la lettre sans rien dire.

— Le salaire n'est pas lourd, reprit tante Olympe, mais tu n'as que ta langue et la musique à enseigner, et tu auras l'occasion d'apprendre l'anglais, de voir un peu le monde…, et pense comme ce doit être gai de vivre avec tant de jeunes filles, presque toutes de ton âge.

D'ailleurs, reprit-elle, voyant que Petite Nell ne répondait pas, nous n'avons pas l'embarras du choix, et voilà déjà plusieurs semaines, oui, une, deux, trois, que nous nous démenons inutilement.

Deux larmes qui avaient glissé sur les joues de Petite Nell tombèrent sur sa robe noire.

À cette vue, le cœur de tante Olympe se serra, elle prit entre ses mains cette triste petite figure et l'embrassa tendrement.

— Si tu veux revenir vers nous, Nellie, il ne tient qu'à toi, ta chambre et ton lit sont prêts.

— Merci, tante Olympe, je crois qu'il vaut mieux que je parte.

— Je le crois aussi, ma fille, répondit la brave femme en essuyant ses lunettes ; mais tu te rappelleras pourtant que je suis là, et quand tu reviendras au pays, c'est chez moi que tu logeras et chez personne d'autre.

Ces derniers mots furent prononcés avec tant d'énergie que Petite Nell releva la tête d'un air surpris.

— C'est comme ça, reprit tante Olympe, je ne veux plus qu'on jase, moi, et qu'on dise ce qu'on dit.

— Je ne comprends pas, tante.

— Je le crois, ma fille ; et, vois-tu, ça me fait de la peine de t'ouvrir les yeux pour te montrer la méchanceté du monde, moi-même je ne m'en doutais pas jusqu'à ces jours derniers... Mais on jase, ça c'est sûr.

Les doux yeux bleus continuaient à la regarder sans comprendre.

— Vois-tu, ma fille, le monde est plus mauvais qu'on ne croit ; depuis ton retour, les gens ont commencé à parler, on trouve drôle que tu restes chez des étrangers plutôt que chez moi.

— Mais ce sont mes amis, s'écria Petite Nell indignée, et vous savez bien, tante Olympe, que si oncle Nestor...

— Sans doute, sans doute, mais ces choses-là c'est inutile de les répéter à chacun ; d'ailleurs, quand tu nous a quittés pour aller chez eux, tout le monde savait que c'était pour peu de temps, en attendant que Louis fût prêt, mais à présent on commence à s'étonner, on trouve que ce n'est pas convenable, on dit des choses...

— Pas convenable, de demeurer chez sœur Hélène ?

— Mon Dieu, Nellie, si Mlle Steinwardt était seule, on ne dirait rien, mais il y a le docteur, et l'on commence à croire, à dire de toi, de lui... des choses... peu agréables à entendre, ne comprends-tu pas, ma fille ; tu es pourtant en âge...

Si, si, elle comprenait, elle comprenait même si bien qu'une rougeur douloureuse, intense, envahissait peu à peu toute sa pâle petite figure, pendant que ses yeux, agrandis par la surprise, continuaient à regarder tante Olympe d'un air de détresse profonde...

— Cela me fait tant de peine, reprit sa tante, pour toi d'abord, pour eux ensuite, mais c'est toujours comme ça dans ce monde, faites une bonne action, les gens chercheront aussitôt à vous noircir.

— Est-ce qu'ils le savent, tante Olympe ? murmura Petite Nell.

— Ah ! j'espère bien que non ; si je savais qu'il y eût quelqu'un d'assez mal intentionné pour leur répéter ces mensonges, c'est moi qui l'arrangerais, je lui ôterais pour toujours l'envie de lever la langue contre qui que ce soit et surtout contre eux ; mais c'est seulement parce qu'ils ne sont pas de chez nous, on ne peut pas l'oublier, c'est dans le sang, paraît-il ; ce qui n'empêche pas que si je n'étais pas ce que je suis, je voudrais être Allemande, rien que pour leur ressembler.

— Tante Olympe, fit Petite Nell en se levant, j'écrirai que j'accepte, j'écrirai encore ce soir.

— Bien, ma fille ; et ne te mets pas trop en peine de ce que je t'ai dit, dans quelques jours tu seras loin, et les méchantes langues n'auront plus qu'à se taire.

CHAPITRE XXXI

Petite Nell n'avait rien ajouté, elle était descendue tout tranquillement les degrés de la cuisine de tante Olympe, mais dès qu'elle avait été hors de vue, elle s'était mise à courir et n'avait ralenti le pas que pour traverser le jardin et monter dans sa petite chambre, où elle arriva hors d'haleine, sans s'être arrêtée ni retournée une seule fois.

Oui, dans quelques jours elle serait loin, et les méchantes langues n'auraient plus qu'à se taire.

Oh ! les méchantes langues, comme elles font mal, comme elles déchirent le cœur en vous ouvrant les yeux !

Non, elle ne pouvait pas écrire, pas en ce moment ; elle repoussa sa chaise, referma son buvard et se mit à marcher pour calmer son agitation.

— Mon Dieu, est-ce que ce n'est pas permis, est-ce que c'est mal d'aimer ?

Elle secoua sa petite figure brûlante et regarda autour d'elle d'un air si malheureux, si malheureux !

— D'aimer ce qui est bon, noble, généreux. Pourtant, elle avait toujours cru... c'est-à-dire, non, elle n'avait rien cru du tout, puisqu'elle ne s'était jamais dit, jamais demandé si c'était permis ou non... Oh ! si tante Olympe avait pu se douter que l'on disait vrai, qu'elle n'avait pas le courage de partir, de les quitter, qu'elle les aimait, oui, tous les deux, de tout son cœur, de toutes ses forces, comme elle n'avait jamais aimé ; mais elle n'avait pas su que ce n'était pas permis, elle avait toujours cru qu'on pouvait, qu'on devait aimer ceux qui sont bons, et ils l'étaient, personne n'avait jamais été aussi bon pour elle, personne n'avait jamais fait, pour elle et pour son frère, ce qu'il avait fait, lui ; non, personne.

Elle releva sa petite tête d'un air de défi.

Non, personne. Ce n'était ni tante Olympe, ni oncle Nestor, ni Maxime qui était venu la secourir dans sa détresse, c'était lui, lui seul, et elle l'aimait pour cet acte de charité, de bonté. Elle savait bien pourtant qu'il ne l'avait fait que par amour pour sa sœur, n'importe, elle ne lui en serait pas moins reconnaissante, elle ne l'en aimerait pas moins. Maintenant, elle allait partir, elle allait les quitter, eux, ses meilleurs amis, il le fallait, non seulement parce qu'elle devait gagner sa vie, mais parce qu'on disait... parce que ce n'était pas permis de l'aimer. Oh ! les méchantes langues, comme elles font mal, comme elles déchirent le cœur, en vous ouvrant les yeux ! N'importe, elles ne pourraient pas l'empêcher de demander à Dieu chaque jour, à chaque heure, de les rendre heureux, toujours plus heureux, c'était la seule chose qu'elle pourrait faire, mais elle le ferait ; et peut-être qu'un jour, dans quelques années, elle pourrait revenir et ils verraient qu'elle aussi avait le cœur fidèle.

À présent, il fallait descendre, pour dire à sœur Hélène... qu'elle allait partir.

Mais, au moment d'ouvrir la porte de la salle à manger, le courage lui manqua, elle resta immobile, la main sur la poignée.

— Qu'est-ce qui vous arrive, Petite Nell ? Entrez. Elle obéit.

Sœur Hélène était assise à sa place accoutumée, près de la fenêtre ouverte, son ouvrage à la main.

— Eh bien, dit-elle gaiement, en lui faisant place sur le sofa, je trouve que vous êtes restée très longtemps chez tante Olympe ; à présent, racontez-moi un peu ce que l'on y fait et ce que vous y avez dit.

— Tante Olympe m'a trouvé une place, dans un pensionnat en Angleterre.

Ces paroles, dites presque bas, furent suivies d'un silence.

— Mais vous n'êtes pas obligée d'accepter, fit sœur Hélène, d'une voix qu'elle tâchait de rendre naturelle ; d'ailleurs un pensionnat n'est pas une place pour vous, c'est une famille qu'il vous faut.

— Tante Olympe assure que ce sera plus gai, répondit Petite Nell, sans lever les yeux.

— Mais c'est à vous à en décider, il me semble ; et si cela ne vous plaît pas…

— Il n'y a pas beaucoup de choix en ce moment.

— Alors, attendez, rien ne presse, rien du tout.

— Oh ! si, si, tante Olympe trouve que je n'ai plus de raison pour rester ici ; et puis, ajouta-t-elle en détournant la tête, elle dit que ce sera bon pour moi, parce que le travail est le seul remède contre le chagrin.

— Pas le seul, chérie, j'en sais un autre, et vous aussi.

— Oh ! oui, c'est sûr ; pourtant elle a raison, je crois ; il faut que je travaille, que je gagne ma vie, personne ne peut plus le faire à ma place. Oh ! je vous en prie, ne pleurez pas, sœur Hélène, ne pleurez pas. Je voudrais tant vous dire encore quelque chose, mais… je ne sais pas si je peux.

Je voudrais vous dire que… je ne vous oublierai jamais, quoi qu'il arrive, je n'oublierai rien ; et… quand je serai loin, vous lui direz, n'est-ce pas, vous direz au docteur que je le remercie d'être venu, je ne sais pas ce que j'aurais fait sans lui, je voudrais bien le lui dire, mais… je ne peux pas… je n'ose pas…

Sœur Hélène n'ajouta rien, elle avait mis sa tête sur l'épaule de Petite Nell et, contre son habitude, pleurait de tout son cœur.

En ce moment, un pas résonna dans le corridor.

— C'est lui, murmura Petite Nell en relevant la tête ; oh ! je vous en prie, ne pleurez plus, il sera si fâché.

— Non, non, vous vous trompez, ce n'est pas lui, c'est encore trop tôt.

Mais Petite Nell était déjà dans l'escalier conduisant à sa chambre.

— Qu'y a-t-il de nouveau ? fit la voix du docteur, pourquoi

Nellie... mais... tu pleures, Hélène !

Elle secoua la tête.

— Ce n'est rien, je savais que cela arriverait, nous ne pouvons pas l'empêcher ; Petite Nell va partir, sa tante lui a trouvé une place dans un pensionnat.

Avant de répondre, il fit deux ou trois fois le tour de la chambre.

— Et cela te fait beaucoup de peine, n'est-ce pas ? dit-il, en posant affectueusement sa main sur son épaule.

Elle leva les yeux et rencontra les siens, si tristes, si fatigués.

— Naturellement, mais, ajouta-t-elle, en essayant de sourire, je serai raisonnable, il le faut ; d'ailleurs, nous étions très heureux avant son arrivée et nous le serons encore, je le veux.

— Mais, reprit-il, je ne vois pas la nécessité de ce départ, du moment que tu en as tant de chagrin, pourquoi ne lui demandes-tu pas de rester ?

— Non, c'est inutile, je le sens ; elle trouve, et c'est vrai, qu'elle n'a pas de raison pour rester ici plus longtemps, que son devoir est de travailler ; elle ne veut être à la charge de personne, et je la comprends, à sa place je ferais comme elle. Mais elle me manquera tellement, tellement que je n'ose pas y penser, ajouta-t-elle, en cachant sa figure dans ses mains.

Son frère la regarda pendant quelques secondes, l'air sombre, soucieux, puis, sans rien ajouter, il allait quitter la chambre, quand elle le rappela.

— Charles, peut-être que si tu lui parlais, quelques mots seulement.

— Moi ? dit-il, très troublé, que voudrais-tu que je lui dise ? Si elle ne veut pas rester pour toi, ce n'est pas moi qui lui ferai changer d'idée, je n'ai jamais existé pour elle.

— Oh ! comment peux-tu parler ainsi, si tu l'avais entendue tout-à-l'heure, tu ne l'accuserais pas de t'ignorer ; elle est si reconnaissante, au contraire.

Il sourit amèrement.

— J'en suis bien sûr, mais ce n'est pas une raison pour qu'elle m'accorde ce qu'elle t'a refusé.

— Qui sait ? Peut-être pense-t-elle que sa présence ici n'est pas nécessaire, mais si tu lui disais que…

— Oui, je le ferai, puisque tu le désires.

Et il se dirigea vers la porte.

— Mais, je ne veux pas que tu le fasses si cela t'ennuie, je croyais que cela te ferait plaisir aussi.

Il se retourna.

Pauvre Hélène, comme elle était pâle, comme ses beaux yeux étaient suppliants ; oui, il le ferait pour elle, il lui devait bien cela.

— Je lui parlerai, dit-il, je te le promets.

Il quitta la chambre et se dirigea vers son cabinet de travail.

Oui, il lui parlerait, bien qu'il sût d'avance l'inutilité de sa démarche, il le ferait pour lui épargner si possible le chagrin d'une nouvelle séparation, car il savait par expérience que nous pouvons si peu pour alléger le fardeau de ceux que nous aimons ; c'est une loi de nature, chacun doit souffrir pour son propre compte, chacun, isolément, doit porter sa peine, notre sympathie, nos larmes n'y changeront rien. Il aurait beau souffrir lui-même au double, le chagrin de sa sœur n'en serait pas diminué, mais du moins il n'en serait pas augmenté, elle ne saurait pas que cette petite fille, qu'elle l'avait autrefois prié d'accueillir sans trop de mécontentement, était… oui, était entrée dans son cœur, sans qu'il sût comment, à son insu, contre sa volonté ; non, elle ne saurait pas que depuis des semaines, des mois, il bataillait contre ce qu'il avait pris d'abord pour une fantaisie, rien de plus, mais tenace comme toutes les fantaisies. Et pourtant, il ne s'était épargné ni moquerie, ni injure, ni raisonnement, pas même l'exil ; il s'était dit et répété leur différence d'âge, de goûts, de nationalité, sa préférence marquée pour un autre, son indifférence complète pour lui-même ; peine perdue, depuis son retour, comme avant son départ, cette petite figure pâle, ces yeux bleus, si vrais, le hantaient partout, la nuit, le jour ; il ne voyait qu'elle, ne pensait qu'à elle, ne désirait qu'elle, un mot, un regard. Oh ! mon Dieu, était-il vraiment malade à ce point ? Comment en était-il arrivé là ? Ce n'était, certes pas qu'elle y eût pris peine, qu'elle eût fait aucun frais, aucun effort pour lui plaire ou attirer son attention. Non, mais c'était peut-être justement là la raison.

Il avait croisé les bras et, la tête baissée, l'œil morne, comme un lutteur terrassé, il considérait le résultat de ses efforts, de ses combats, de ses raisonnements ; certes, il n'avait pas lieu d'être fier.

Il passa la main sur son front moite.

Pourtant, il avait été sincère dans son intention de se consacrer à sa sœur, de ne laisser personne se glisser entre elle et lui ; et voilà, c'était justement l'enthousiasme de cette fillette pour elle qui l'avait amusé d'abord, puis attiré, puis attendri...

Et maintenant, il fallait lui demander de rester pour l'amour d'Hélène ; et lui ? et bien quoi, lui ?

Bien d'autres auparavant avaient supporté ce qu'il supporterait.

* * *

Un léger coup frappé à la porte de Petite Nell lui fit relever la tête de dessus une grande feuille de papier, où trois mots seulement étaient tracés : le jour, le mois, la date ; un peu plus loin deux ou trois brouillons parfaitement illisibles et, tout près d'elle, un petit mouchoir qui ressemblait beaucoup à une éponge.

— Entrez, fit-elle.

— Je ne vous dérangerai que quelques minutes, pas davantage.

Elle s'était levée et, d'étonnement, oublia d'offrir un siège à son visiteur, qui resta debout, appuyé au dossier de la chaise qu'elle venait d'occuper.

Oh ! les méchantes langues, comme elles font mal, comme elles déchirent le cœur en vous ouvrant les yeux, ces beaux yeux que Petite Nell n'osait plus lever, dans la crainte qu'il y lut ce qu'elle voulait garder pour elle toute seule.

— Je suis sûr, fit-il, péniblement surpris de son embarras, que vous savez déjà ce que je viens vous demander.

Elle secoua la tête.

— Hélène vient de m'apprendre votre départ, elle en est très chagrinée, si chagrinée que je suis venu...

— Oh ! je vous en prie, interrompit-elle, ne me demandez pas de rester, je vous assure que c'est impossible ; tante Olympe trouve, dit que j'aurais dû partir déjà plus tôt, que ce n'est pas sage de... de... Oh ! je vous en prie, ne soyez pas fâché, ajouta-t-elle, en voyant le pli de son front se creuser démesurément, je vous assure que je voudrais, mais je ne peux pas.

Il y eut un silence.

— Je ne suis pas fâché, dit-il tristement, mais inquiet d'Hélène, à qui votre départ va faire beaucoup de chagrin ; j'aurais voulu le lui épargner, elle a déjà tant souffert, et par ma faute, vous savez, c'est pourquoi je me suis permis de venir.

— Oh ! je comprends.

Elle détourna la tête.

— Ne pourriez-vous pas du moins attendre encore un peu, jusqu'à ce qu'elle soit habituée à cette idée ?

— Non, non, c'est impossible ; si je retardais, cette place serait perdue pour moi, vous comprenez.

— Vous en trouverez une autre, peut-être meilleure.

Elle secoua la tête.

— Je croyais que vous aimiez Hélène.

— L'aimer ! ses lèvres tremblèrent, ses yeux bleus si doux jetèrent un éclair d'indignation ; oh ! vous le savez, mais je ne peux pas, je ne peux pas rester.

— Pas même pour l'amour d'elle ?

Elle lui jeta un regard d'angoisse, ses petites mains se serrèrent convulsivement.

— Je ne peux pas.

Il pâlit, et la main qu'il appuyait au dossier de la chaise trembla, il se pencha en avant, le regard toujours attaché sur cette pauvre figure en détresse, qui semblait implorer sa pitié.

— Et… Et pour l'amour de moi, Petite Nell, de moi qui vous aime tant ?

Oh ! Dieu, était-ce vrai, avait-il dit cela ? Était-il fou, ne savait-il pas qu'il n'était rien, rien pour elle ?… Et pourtant, il attendait, toujours penché vers ce petit visage immobile, à deux pas de lui.

À la fin, les lèvres de Petite Nell s'agitèrent, ses mains se réunirent.

— Est-ce vrai ? fit-elle comme en un rêve.

— Si c'est vrai !

Il n'ajouta rien, pas un mot, pas une syllabe ; elle savait que c'était vrai, il la tenait sur son cœur, elle s'y appuyait, elle s'y reposait, comme se reposent ceux qui se sont crus sans refuge, ceux qui ont vu leurs espérances s'écrouler et le vide se faire devant eux.

Et, comme en un rêve aussi, il continuait à l'entourer de ses bras, il caressait ses jolis cheveux, essayait de voir son doux visage.

— Ne le saviez-vous pas que je vous aimais ? murmurait-il ; je ne peux pas vous dire combien, ni depuis quand, je sais seulement que c'est vrai.

Elle le laissait dire, et, bercée par le murmure de sa voix, elle oubliait de répondre et restait toute tranquille, blottie près de son cœur, comme un pauvre oisillon fatigué qui a enfin trouvé son nid.

— Petite Nell.

Elle tressaillit.

— Êtes-vous bien sûre d'aimer un peu ce méchant grognon qui vous faisait si peur, dites, chérie, en êtes-vous sûre ?

Elle leva les yeux, ses doux yeux bleus, et ils lui dirent qu'elle était sûre, tout à fait sûre de l'aimer, non pas un peu...

Et pourtant, il ne sembla pas encore satisfait et se pencha de nouveau vers elle, mais très bas, cette fois, jusqu'à son oreille.

— Petite Nell, chuchota-t-il, comme s'il avait un peu honte de lui-même, m'aimez-vous un peu plus que votre ami, celui qui vous disait s'appeler Pierre ?

Et, comme il ne recevait pas de réponse :

— L'avez-vous déjà oublié, Petite Nell ?

— Oublié ? mais je ne peux pas l'oublier, puisque je n'ai jamais pensé à lui...

Le pli creusé entre les sourcils du docteur n'existait plus, sa sœur en aurait vainement cherché la trace. Il avait pris entre ses mains la petite figure qu'il aimait et la regarda longuement, comme on regarde ce qu'on a longtemps désiré, ce qu'on croyait ne jamais posséder ; et puis, il s'était baissé de nouveau, mais sans rien dire, du moins rien qu'on pût entendre, et pourtant, lorsqu'il se releva, elle était toute rose, comme une fleur d'églantier.

— À présent, murmura Petite Nell, allons vers sœur Hélène, peut-être qu'elle pleure encore...

Non, elle ne pleurait plus. Trop inquiète, trop agitée pour attendre plus longtemps, elle venait de monter dans sa chambre et… par la porte entrouverte… Elle avait compris. Alors, tout doucement, elle avait écarté la draperie qui cachait son lit, et les mains jointes, la tête un peu relevée, elle répondait au glorieux sourire du portrait par un autre sourire non moins glorieux, elle n'avait plus rien à souhaiter : tous ceux qu'elle aimait étaient heureux.

ISBN : 978-3-98881-701-3

www.ingramcontent.com/pod-product-compliance
Lightning Source LLC
LaVergne TN
LVHW040058080526
838202LV00045B/3701